TITULOS DE ESTA COLECCION

100 cuentos
de *Syria Poletti*
para leer antes de dormir

Ilustraciones de Aurelia Di Fiore

COLECCION 100 CUENTOS
EDITORIAL SIGMAR - BUENOS AIRES

¡MAMA! ¡NO ESTOY!

-¡Mamá! ¡Mamá! -gritó Valeria desde el baño, llena de terror-. ¡Mamá! ¡No estoy más! ¡Desaparecí!

Valeria, de pie sobre un banquito, se miraba ante el botiquín del baño y no veía más su imagen en el espejo. Su carita había desaparecido. También habían desaparecido sus ojos, las trenzas, todo. Levantó las manos, y tampoco las manos se reflejaron en el espejo. ¿Quién la había tragado? Se tocaba el pelo, las orejas, la nariz y se pellizcaba, pero sobre la superficie del botiquín sólo veía una gran mancha blanca.

-¡Mamá! ¡No estoy más! -gritaba Valeria.

La mamá entró corriendo, preocupada y la abrazó con fuerza, apoyó su cabeza contra la cabecita de la nena. Valeria la besó, pero con el rabillo del ojo miró el espejo. Y vio que también la mamá había desaparecido.

Valeria se asustó mucho más y escondió la carita contra el pecho de la mamá.

-Pero, ¿qué pasa? -preguntó la mamá.

-Nos robaron la cara, con los ojos, con todo. ¡No estamos más! -exclamó Valeria entre lágrimas, señalando el botiquín.

-¡Tonta mía! -dijo la mamá sonriendo-. ¿No ves que se rompió el espejo que cubría la puerta del botiquín? Por eso lo sacamos. Y mañana traerán un espejo nuevo.

-¡Ah! -dijo Valeria tranquilizada-. ¡Qué suerte es vivir también afuera del espejo!

EL JILGUERO PICOLINDO

Todos los pichones de jilgueros habían aprendido a silbar, a trinar, a gorjear, menos uno: Picolindo. Picolindo, distraído y paseandero, no sabía silbar. La mamá le decía apenada:

-Picolindo. Los jilgueros juegan, se llaman, se ayudan silbando y trinando. Me da mucha vergüenza que no aprendas ¡siquiera a silbar! Los jilgueros tenemos fama de buenos cantores.

Picolindo intentaba, pero no le salía ni una raspadita de gorjeo. El papá le hacía abrir la boca con el pico, le inspeccionaba la garganta y le reprochaba:

-¡Ya es hora de que aprendas a silbar! ¿Cómo vas a defenderte en la vida si no sabes comunicarte con los otros?

Picolindo tenía ganas de darle esa alegría a sus padres y de presumir ante los otros jilgueros. Pero sólo le sal___ ___lidos porque era un poco tartamudo.

Una ___ana, volando por el monte, vio en el suelo una pajarita que había caído en una trampa y tenía las alas y el cuellito ladeados:

-¿Qué te pasa? -le preguntó Picolindo impresionado.

-Me atraparon y no puedo llamar -contestó con un hilito de voz la pajarita. En el acto, Picolindo emitió un silbido desgarrante, altísimo. Y luego otro y otro.

-¡Qué hermosa voz tienes! -dijo más reanimada la pajarita. Picolindo no podía creer a sí mismo y trinó en cascadas y gorjeó todas las notas que tenía amontonadas en el corazón desde tanto tiempo.

La mamá, el papá, los parientes, que habían oído los llamados vibrantes, acudieron en bandada y liberaron a la pajarita. Luego, todos festejaron a Picolindo con una gran fiesta. Y Picolindo inventó una poesía de amor con música de rock.

JUGANDO, JUGANDO

3

El emperador Huang Ti poseía el jardín más fabuloso de cuantos jardines fabulosos hubiese en la China. Era un jardín que lucía las especies de árboles más raras y flores bellísimas, aves exóticas, pájaros melodiosos, estanques con cisnes, caminitos con piedras de colores. Y arroyitos, cascadas, barquichuelos, puentecitos, graciosas pagodas con terrazas. Y glorietas, faroles colgantes y gongs y campanillas ocultas entre las ramas que tocaban música movidas por el viento.

Pero una primavera pasó algo extraño. El emperador Huang Ti iba y venía agitando la trencita y los bigotes, preocupadísimo: una plaga desconocida devoraba las hojas de sus moreras. ¿Quiénes eran los intrusos? Los jardineros descubrieron que eran unas orugas, pequeñas y blancas, adheridas a las ramas. Pasaban semanas durmiendo, quietecitas y de repente despertaban y se ponían a masticar las hojas sin parar. El emperador dio la orden de exterminar las orugas arrancando las ramas en las que estaban colgadas. Así fue. Cuando fueron a recoger las ramas esparcidas en el suelo, vieron que las orugas se envolvían en una nubecita de seda. De la boca de cada una salía una hebra casi invisible, con la que se enrollaban, girando la cabecita. Y así, arrugaditas, desaparecían dentro de unos capullos que eran como huevitos de oro.

La princesa Hsi Ling se enamoró de esos capullos y siempre jugaba con ellos. Mientras tomaba el té, uno de los capullos cayó en la taza y entonces vio desprenderse el cabito de un hilo de oro, más fino que un cabello. Era hermoso como un hilo de sol; pero era demasiado delgado para tejer. Entonces la princesa Hsi Ling echó en la tetera llena de agua caliente varios capullos, juntó los cabitos en una sola hebra y la fue retorciendo hasta que logró enrollar el primer ovillo de seda.

Jugando, jugando, la princesa Hsi Ling había descubierto el milagro del gusano de seda, el gran secreto de China antigua.

SIEMBRA DE SEMILLAS

4

En el campo, los conejitos jugaban contentos, mordisqueando zanahorias, apio, hinojos, lechugas y otras verduritas. Corrían de un lado a otro, jugaban, se metían entre las plantas y luego disparaban hacia el monte con el pelo lleno de semillas. Y las semillas volaban por todas partes y luego se hundían en la tierra.

Un campesino, al ver que los conejos le habían mordido la radicheta, dijo carraspeando:

—Los conejos son una peste. Los voy a encerrar.

Y los encerró en jaulas. Los otros campesinos hicieron lo mismo, menos doña Fausta, señora de bichos y dichos.

Llegó una larga sequía. Después, lluvias sobre lluvias.

Los terrenos se pusieron malos para las siembras. Los campos aparecieron resecos y pelados. Solamente la granja de doña Fausta lucía pasto y verduritas.

Los campesinos quisieron averiguar por qué y supieron que doña Fausta no había encerrado los conejos, tan juguetones, porque ellos, yendo y viniendo con el pelo lleno de semillas, las esparcían por todas partes.

Entonces les dieron una fiesta a los conejos sembradores. Una fiesta con música de coyuyos y una torta de coliflor y repollo con velitas de zanahorias.

¿QUIEN INVENTO EL COLEGIO?

5

Lucila, la hermana mayor de Enzo, cuando no tiene ganas de ir al colegio rezonga de lo lindo:

—Digo yo: ¿quién habrá inventado el colegio? ¿Quién?

Una mañana, la abuela Sinforosa le contó:

—Hace muchos siglos, que son montones de años, en Europa vivía un gran rey: Carlomagno. Famoso.

—¿Era bueno o era malo? —preguntó Enzo.

—Era… muy guerrero y mandón. Pero hizo algunas cosas buenas. Por ejemplo, fue el primero en dictar la ley de la enseñanza obligatoria para todos los varones del reino. O sea: toditos los chicos debían ir al colegio.

—Y antes de ese Carlo… magno, ¿nadie iba al colegio?

—No iban los pobres. Tenían derecho a la enseñanza únicamente los hijos de reyes o de duques o de grandes personajes. Y, por supuesto, los ricos. La gente del pueblo, los campesinos, los artesanos, ¡ni soñarlo! El hijo del carpintero tenía que ser carpintero. El hijo del sirviente tenía que ser sirviente…

—¡Qué injusticia! —dijo Lucila—. ¡Yo hubiera protestado!

—Sí. Era una gran injusticia —recalcó la abuela—. Por eso Carlomagno ordenó que todos los hijos varones de su imperio aprendieran a leer y a escribir. Desde entonces, el colegio fue obligatorio para todos los varones.

—¿Sólo para los varones? ¿Y las nenas no?

—¿Las nenas? ¡A fregar y a bordar! Pasaron siglos antes que las puertas de los colegios se abrieran tam-

el cielo si no tiene alas? ¡Juá juá juá!

Comenzó el baile y cuál no sería la sorpresa del gavilán cuando vio a Cri-Cri bailando una jota y luego croando un rock. Bailaba con tanta gracia que todos la aplaudían e imitaban. Toguató comprendió lo sucedido: la rana había viajado oculta en su guitarra. Y pensó: "¡me la va a pagar!"

Terminada la fiesta, Cri-Cri aprovechó la confusión de las despedidas para meterse otra vez dentro de la guitarra.

Toguató emprendió su vuelo de regreso y, al cruzar por unas nubes, dijo: -¡Yo te voy a enseñar a jugarme bromas! Vas a caer al suelo panza abajo. ¡Ahorita voy a sacudir la guitarra! ¡Juá juá juá!

Cri-Cri, muy agarrada de las cuerdas, dijo:

-¡Qué lástima! Caerá también el pedazo de torta que guardé para ti. ¡Es delicioso!

Toguató se dejó engolosinar con eso de la torta. Y pensó: "¡ya me vengaré cuando estemos abajo!" Pero, apenas apoyó la guitarra en el suelo, la rana salió pegando un salto altísimo y disparó lejos. Desapareció.

Toguató desgarró las cuerdas de la guitarra en busca de la torta...

En la guitarra no había ni una miga.

bién para las nenas.

Lucila, al oír eso, rezongó: "¡Qué barbaridad!" Y rápidamente preparó su mochila para correr al colegio. La perrita Mota la siguió hasta la calle, ladrándole. Quería acompañarla al colegio.

-No, Motita -le explicó Lucila-. Carlomagno no inventó colegios para perritas. ¡Los inventaré yo!

UNA BURLA

6

Un día, en Banda del Lucero, el gavilán Toguató y la rana Cri-Cri fueron invitados a concurrir a una fiesta de baile allá, por la pampa del cielo.

-¡Oh! ¡Qué lindo! ¡Iré contigo! -dijo Cri-Cri.

-¿Y cómo vas a ir si no sabes volar? -dijo Toguató. Y reía en estornudos.

-¡Y tú no sabes cantar! -replicó la rana-. Y a un baile hay que ir divertido ¡y llevar una guitarra!

El gavilán, picado, buscó una guitarra, se la ató debajo de la panza y, todo lustradito, emprendió su regio vuelo.

Cuando llegó al lugar donde se celebraba la fiesta, le preguntaron:

-¿Y adónde está tu amiga la rana?

-¿Y qué se yo? ¿Cómo haría una rana para cruzar

EL BURRITO Y LAS ESPONJAS

7

Por una calle empinada de Aranjuez, venía trepando un burrito cargado por dos alforjas descomunales tan llenas de esponjas que parecía un animal de otro planeta. Era como si llevara sobre el lomo un acoplado. Por suerte, las esponjas no pesan mucho, pero de repente cayó un fuerte aguacero. Las esponjas se empaparon de agua y se pusieron pesadas como piedras. El burrito cayó aplastado por la carga. Se arrodilló en el suelo: no podía avanzar más. El amo pretendió obligarlo a levantarse.

-¡Arre, burro, arre! -gritaba tirándolo de las riendas.

Tanto tiró que resbaló a la zanja con un tobillo torcido.

Pasó por allí una paloma mensajera voluntaria y al ver el burrito caído llevó la noticia a unas cigüeñas y luego a unas nubes. Enseguida una bandada de cigüeñas se posó sobre las esponjas y bailando, saltando y picoteando, hicieron chorrear el agua. Luego, las nubes abrieron paso a los rayos del sol que absorbieron el resto del agua. Las esponjas volvieron a ser livianitas.

El burrito pudo levantarse y seguir su camino. Y el amo se quedó en la zanja esperando a otros voluntarios.

LA LUNA EN TOBOGAN

8

A la luna le gusta ir por el cielo curioseando.

Dicen que cuando era chica se enamoró de la laguna Iberá, que vista desde el cielo resplandece como una gigantesca esmeralda. De día, pájaros, flores y mariposas, tejen sobre las aguas arco iris ondulantes. Y de noche, los enormes bichitos de luz, tejen danzas luminosas.

La luna era amiga de Araí, una nubecita blanca que correteaba por el cielo como un saltamonte. Y Yací, que así se llamaba la luna, le dijo a la nubecita:

-Quiero bajar a la Tierra para conocer ese lugar.

-¡Vamos! ¡Yo te acompaño! -propuso Araí.

Y descendieron las dos deslizándose en el primer rayo del sol, como por un tobogán. Al tocar tierra, eran dos preciosas jovencitas. Yací lucía un tono ámbar plateado y Araí era toda blanca y vaporosa. Penetraron en la selva próxima al río Paraná y cuando descubrieron la laguna se deslumbraron.

Sobre las aguas, las enormes flores del irupé, navegaban como barquichuelos mientras los camalotes, o islas flotantes, jugaban a las escondidas. Yací y Araí entraban y salían de las aguas, recogiendo flores y persiguiendo mariposas. De repente, desde el interior de un camalote, apareció un yaguareté. El tigre, al ver a las dos niñas, se relamió y se preparó para saltar sobre ellas. Pero un viejo pescador indio, vio al tigre y le disparó una flecha. El yaguareté rugió, enfurecido, y se levantó en el aire, pero lo alcanzó otra flecha y cayó pesadamente a las aguas.

El viejo pescador miró hacia el lugar en el que estaban las dos niñas y ya no las vio. Yací y Araí, ocultas en los rayos del sol, decían: -¡Qué aventura tan emocionante! Pero al ver que el indio seguía buscándolas, Yací quiso recompensarlo. E hizo surgir en ese lugar un nuevo arbusto de hojas pequeñas. Luego, remontaron hacia el cielo en un rayo de sol, pero un sol de tardecita, no muy veloz, así pudieron admirar los hermosos paisajes.

El viejo indio, al mirar la nueva planta a la luz de la luna, descubrió el regalo: era la caá, la planta cuyas hojas nos dan la bebida llamada mate.

garzas, el martín pescador y los lobitos de río y los cachorritos de los tejones... Y quiero comer piquillín y recoger tunas...

-¡Vamos, mi paisano! -exclamó el abuelo-. ¡A ensillar! Nos iremos los dos al trotecito a Ñorquincó.

Y los dos, muy campantes y muy campechanos, se fueron al trotecito a Ñorquincó.

LOS VIAJEROS **9**

Un domingo de lluvia el abuelo Robustiano reunió a todos sus nietos en la quinta "El Quirquincho" y les dijo:

-Vamos a jugar a los viajes fantásticos. Elijan el medio de transporte que más les gusta para viajar.

-Yo quiero ser piloto de un avión -dijo Marisa-. Un avión supersónico que vuele por sobre las nubes.

-Yo quiero viajar en un tren electrónico anfibio -dijo Jorge-. Un tren que entre y salga por esos túneles que se construyen por debajo de las aguas y de los cerros.

-Yo quiero viajar en una nave espacial -dijo Sabina-. Así giraría alrededor de la Luna y de las estrellas. Pero con traje de astronauta y mesa de comando.

-Yo quiero viajar en una lancha a motor, y también a vela -dijo Rubén-, de ésas que levantan mucha espuma y hacen zozobrar todos los barcos.

-Yo quiero ser piloto de un coche de carrera último modelo -dijo Fernando-, de ésos que pegan saltos y hasta vuelan.

-Y yo... Yo... -dijo Danielito-. Yo... Quiero viajar, pero de a caballo, para ver la laguna. Y las

DOS AMIGOS **10**

Trepa lento hacia el sol
un alegre caracol.
Cara arriba, panza abajo
un azulado escarabajo
va trepando a un girasol.

Y los dos al encontrarse
en el medio del camino
deciden ir a bañarse
en las aguas del molino.

EL PINO PLATEADO

Había una vez un pino enamorado de una estrella. La veía brillar alta en el cielo, luminosa y danzarina y le decía:

–¡Yo te quiero mucho, estrellita!

La estrellita le contestaba de ojitos, con parpadeos. Era la primera en aparecer y la última en desaparecer y siempre le enviaba mensajes con sus rayos. Y el pino crecía mirándola, adherido a las rocas del cerro. Crecía tratando de alcanzar la estrella, hasta que se encaramó en la punta del cerro.

Una noche en la que no había Luna y hacía mucho frío y soplaba un viento muy fuerte, el pino pensó: "¿Tendrá frío mi estrellita?" Y estiró tanto sus ramas que, finalmente, alcanzó a tocar el resplandor de la estrella. Temblando de felicidad, el pino ocultó esos rayos plateados entre el follaje, como un tesoro.

Desde entonces, el brillo de la estrella está con él y con todos los pinos de hojas plateadas que se elevan al cielo mientras hunden las raíces en la tierra.

Parecen árboles de Nochebuena.

EL TREN SIN LOCOMOTORA

Adrián hizo un tren colocando en fila, volcadas en el suelo, todas las sillas del comedor. En la primera sentó al oso, como maquinista. En la segunda silla tomó asiento su hermana Cristina con las muñecas. En las otras sillas ubicó los otros juguetes y él se sentó en el furgón de cola para tocar el pito y hacer las señales.

–¡Puf! ¡Puf! ¡Puf! –bufaba Adrián–. ¡Es el rápido que sale para Andalgalá! Y silbaba imitando el tren.

Entró la mamá que necesitaba una silla y levantó la primera de la fila.

-¡No me saques la locomotora! -gritó Adrián-. ¿No ves que estamos viajando a Andalgalá?

-Pueden viajar a Andalgalá con las otras sillas -respondió la mamá colocando al oso en otro asiento-. Esta la necesito yo. Y se fue con la silla.

Adrián se tiró al suelo pataleando y protestando:

-¡Me sacaste la máquina! ¡Ahora el tren no marcha más porque no tiene locomotora!

Adrián lloraba a causa de su viaje interrumpido. Y miró a su hermanita Cristina que seguía viajando, con el sombrero puesto, atareadísima con sus muñecas y con sus bolsos.

-¡Tonta! -le dijo Adrián-. ¿No ves que el tren está parado? ¡Le falta la locomotora!

-¡Tonto! -le contestó Cristina-. ¿No ves que éste es un tren manejado a control remoto desde una estación espacial?

Adrián se secó las lágrimas y se ubicó en otra silla, pero con el gato. El gato no quiso viajar y se escabulló.

-Déjalo -dijo Cristina-. ¿No sabes que los gatos le tienen pánico a la velocidad espacial?

Adrián se colocó una visera y el tren marchó a tanta velocidad que ni paró en Andalgalá y terminó derechito en Bosque Alegre.

LA CANCION DE LA CALANDRIA

13

Hubo un gran incendio de bosques, allá, por Apipé. Muchos animalitos tuvieron que huir, despavoridos, abandonando sus viviendas. Y muchos pájaros perdieron sus nidos. Así le sucedió a una calandria que había salido en busca de comida para sus pichones y cuando regresó al árbol, sólo encontró el tronco humeante. Llamaba constantemente a los suyos, volaba de un lado a otro, sin encontrar respuesta. Poco a poco, se desanimó y vagaba por el pasto quemado sin encontrar alimento.

Acosada por el hambre, se acercó a una vivienda de tejas rojas. La señora que vivía allí, pensó: "¡Qué raro que una calandria no cante! Se habrá perdido. Tendrá hambre." Y le acercó migas de pan y un platito con agua.

La calandria comió, bebió, pero no cantó. Siguió tan triste como antes de comer: extrañaba a los suyos. ¿Adónde estarían?

Oyó que la señora cantaba una canción para el nene que no quería dormir la siesta. Y pensó: "Yo también tendría que cantar para ese nene." Y cantó. Primero despacio, bajito; después, con gorjeos de cristal, cada vez más vibrantes. Era un canto hermoso, lleno de ternura, de recuerdos, de mensajes. El niño se durmió tranquilo.

De repente, la calandria oyó el ruido de lejanos vuelos; vuelos que se aproximaban. Su corazón latió de alegría. Y vio aparecer en el cielo una bandada de calandrias.

Eran sus familiares y amigos que la habían localizado gracias a su canto. Y la besaron y aletearon con tanto alborozo que hasta perdió algunas plumitas.

COMPAÑEROS DE PLANETA

Leandro jugaba a la pelota en el jardín de su casa. Desde adentro, la mamá le gritó:

-¡Cuidado con las plantas! ¡No destroces las violetas!

Pero Leandro no miraba las plantas. El sólo veía, perseguía y pateaba la pelota. Quería ser campeón olímpico. Y la pelota saltó justo sobre la mata de violetas. El perro corrió a buscarla y terminó por pisotear las flores. Leandro se acercó a la mata y se quedó mirando las violetas como si recién las hubiera descubierto. Al verlas tan deshechas, quería pedirles disculpas y decirles que no lo haría más. Pero, ¿oyen las violetas?

Después de la cena, la mamá habló de su pena por las plantitas destruidas. Y el papá le preguntó:

-¿Te gustaría vivir en un planeta sin plantas?

-No hay planeta sin plantas -contestó Leandro-. Porque nosotros los terrestres, sin plantas no viviríamos.

-Hay planetas que no son más que piedras y volcanes.

-¿Por qué? -preguntó Leandro.

-El cosmos es un misterio. Ahora, ¡a dormir!

Leandro se acostó y soñó que él viajaba a un planeta desconocido, infrarrojo, llevando consigo una planta de violetas. Pero en el vuelo, su nave era alcanzada por los pelotazos enviados por satélites enemigos.

A la mañana siguiente, se levantó y fue a buscar una maceta. La llenó de tierra y colocó en ella la única plantita que había quedado sana. La regó y vio que un pimpollo se desperezaba y bostezaba. Luego, al verlo, el pimpollo exclamó:

-¡Oh! ¡Gracias! ¡Gracias!

-¡De nada, compañera de planeta! -le contestó Leandro.

UNA LUCECITA SIN PILA

El avión sale como de un mar de nubes y vuela sobre la inmensa llanura asomada al Río de la Plata.

-Hemos iniciado el descenso hacia la ciudad de Buenos Aires -anuncia la azafata-. Por favor, ajusten sus cinturones.

El papá, sentado junto a la ventanilla, se ajusta el cinturón, apaga el cigarrillo y mira.

El papá regresa de un viaje de negocios y está cansado y desanimado. En su trabajo no le fue bien y piensa en los problemas que deberá enfrentar.

Mira por la ventanilla del avión: Buenos Aires aparece resplandeciente de luces, como una ciudad estelar, extraterrestre. Es como una joya gigantesca, fulgurando entre el mar y la llanura.

El papá mira intensamente: entre tantas luces, intenta distinguir las que iluminan las ventanas de su casa. ¡Ahí están! En ese inmenso tobogán de luces, en ese rascacielo, en ese departamento donde brilla una lucecita más, estarán esperándolo Sergio, Rodrigo, Inés y la mamá. Imagina que la mamá estará preparando la mesa. Y adivina que Sergio habrá escrito un cartelito que dice: "¡Bienvenido a casa, papá!"

El papá imagina esa ventana entre millones de ventanas iluminadas y es como si una luz se encendiera en su corazón. Ya no está triste ni desanimado. Mañana volverá a su trabajo con el corazón contento:

la lucecita de la ventana de su casa que vio brillar desde lo alto, seguirá prendida dentro de él. Porque es una lucecita que no necesita pilas.

LA BALLENA Y EL ELEFANTE

16

Un elefante que huía de la selva, llegó a orillas del mar y vio las hermosas alas formadas por la cola de una ballena enorme. Cuando la ballena emergió de la superficie de las aguas para respirar, el elefante, con la voz enronquecida de emoción, le dijo:

-Buenos días, criatura del mar. No sé cómo te llamas, pero ¡eres grandiosa! Yo creía ser el bicho de mayor tamaño que anda por el planeta. Pero veo que tu tamaño es mayor que el mío.

-¡Tú también eres enorme! -respondió la ballena-. ¡Jamás había visto a una criatura de cuatro patas tan grande! ¿Y qué haces en esta playa? ¿No tienes hijos?

-Vengo huyendo de los hombres -contó el elefante-. Me persiguen por mis colmillos. Se llevaron a mi hijito en un helicóptero. Y mataron a mi compañera que quiso defenderlo, mientras yo luchaba con otro helicóptero.

-Yo también vengo huyendo de los hombres que me persiguen con sus barcos balleneros. Siempre me persiguieron a través de los mares. Pero antes era una lucha entre ellos y yo. Ahora tienen barcos con radar y armas poderosas. ¡Y ni siquiera me dejan remontar

hacia la playa para que pueda tener a mis hijos y amamantarlos!

-¡No me digas! -se condolió el elefante-. Yo creía que entre los grandotes, sólo los elefantes corríamos peligro.

-¡No, no! ¡Las ballenas somos las más perseguidas. Han prohibido la pesca, pero nadie respeta las leyes!

-¡A nadie se le ocurre protegernos! -se lamentó el elefante-. ¡Porque somos bichos de gran tamaño!

-¡Y nadie respeta que seamos padres valientes y cariñosos! -agregó la ballena.

-¡No hay ángeles de la guarda para elefantes y ballenas! -suspiraron-. ¿Qué será de nuestros hijitos?

Inesperadamente, en la playa aparecieron unos niños: serían sus salvadores. Con un sobresalto de alegría, el elefante y la ballena descubrieron que los niños de hoy eran sus ángeles custodios.

un rayo se estrelló contra el árbol que se partió como leña seca. El muchacho se sorprendió.

-¿Cómo puedes saber tantas cosas si no fuiste al colegio? -le preguntó Evaristo al amigo.

-Hay que mirar el sol, la luna, las nubes, la sombra... Hay que escuchar el silencio, el ruido del viento y de las semillas cuando están por brotar. Y hay que saber despedirse de los amigos...

-¿Por qué? ¿Te vas? ¿Pero, por qué?

-Porque llega el invierno y debo irme hacia otras tierras. Pero el año próximo, cuando vuelva la primavera, volveré contigo.

Todas las primaveras, a la granja de Evaristo, vuelve el gorrión con muchos otros gorriones.

LOS QUE SABEN 17

Un muchacho campesino fue a su granja para trabajar y se llevó una canasta con pan y cerezas para el almuerzo. Colgó la canasta en un árbol y se puso a trabajar. A las doce sintió hambre. Buscó la canasta y se sentó para comer. Y vio que adentro de la canasta había un gorrión dormido. El gorrión había comido sus cerezas y su pan. Evaristo lo perdonó y lo llevó a su casa. Allí había una jaula, pero el muchacho pensó que el gorrión podía ir y volver cuando quería y lo dejó libre.

Al día siguiente, Evaristo volvió a la granja y se llevó la canasta con comida para él y para el gorrión y se puso a trabajar con el gorrión apoyado en su hombro. Desde entonces, siempre fue así. El gorrión le indicaba cuál era la tierra buena para el trigo y cuál era buena para sembrar tomates. Le avisaba cuándo caerían lluvias o heladas. Le tocaba el hombro y le decía: -Apúrate a recoger las chauchas. ¡Va a llover!

Y al rato, caía un fuerte aguacero. O le anticipaba:

-El sábado florecerán las arvejillas. Y con la luna nueva, florecerá el durazno. Y así sucedía.

Una tarde muy calurosa Evaristo se sentó a descansar debajo de un árbol.

Al rato se quedó dormido. El gorrión le picó tanto el hombro hasta que logró despertarlo.

-¿Qué quieres? ¿Por qué no me dejas descansar?

-Mira. Hay relámpagos. Es peligroso estar sentado debajo de un árbol cuando va a estallar una tormenta. Los árboles atraen a los rayos. ¡Levántate!

Evaristo se levantó y empezó a andar. De pronto,

UN CUELLO MUY LARGO 18

Un grupito de chicos estaba haciendo dibujos sobre la Navidad y el Año Nuevo. Casi todos dibujaban un pino con lucecitas de colores y muchos regalos colgados. Danilo, en cambio, dibujó al Niño Jesús sobre el heno, con María, José, los Reyes Magos, los pastores, el buey, las ovejas y los corderitos. Y también dos ángeles en lo alto de la hoja. De repente alguien le tocó el hombro con fuerza. Se dio vuelta y vio que era el burrito que protestaba:

-¡Hi...Oh! ¡Hi...Oh! -decía-. ¿Por qué a mí no?

Se había olvidado del burrito. Entonces lo dibujó, pero el cuello no le entraba en la hoja. Y cuando quiso dibujarle la cola, se le rompió la fibra.

-Préstame un sacapuntas -le dijo Danilo a Melchor.

-No tengo -dijo el Mago-. Te presto mi lápiz rojo. Así fue como el burro salió con la cola de color rojo y un cuello tan largo y estirado hacia arriba que parecía el de una jirafa.

Danilo no estaba contento, pero el Niño Jesús miró el dibujo y dijo:

-Me gusta ese burrito azul con la cola roja y ese cuello tan largo. Subiré por él como por un tobogán.

Y Danilo se fue a dormir muy feliz porque le había dado al Niño Jesús un burrito azul con la cola roja y el cuello y las orejas que parecían los de una jirafa. Y oyó que el burrito conversaba muy contento.

EL NIDO VIAJERO

Un elefante
de trompa elegante
llevaba su carga
sobre la espalda.
Debajo de un toldo
y en rojo almohadón
dormía un niñito
muy regalón.
Cruzaban desiertos
de arena cubiertos.
El niño soñaba
que agüita le daba
un ave muy dulce
de pico finito.
El niño dormido
soñaba con nidos,
y un nido escondido
en la trompa elegante
de un gran elefante.

LOS HOMBRES FOSFORITOS

-¡Mamá! ¡Mamá! -gritó Gladys despertándose en plena noche, sobresaltada.

La mamá entró corriendo y abrazó a su pequeña que lloraba con lagrimones enormes.

-¿Qué pasa mi amor?

-¡Polola se fue! ¡A mi muñeca se la llevaron para siempre! Ella estaba sentada en el balcón y de repente llegó un OVNI. Y bajaron unos hombres chiquitos, todos amarillos como fosforitos y agarraron a Polola y la hicieron entrar en la nave espacial. Y después la nave desapareció. Y ahora Polola está prisionera. Y me busca. ¡Y me llama!

La mamá dijo sonriente:

-¡Pero, no, tonta! Polola está aquí. ¿No ves? Está durmiendo en su cunita. Lo tuyo fue un mal sueño.

Gladys no podía creerlo. Quiso su muñeca. La apretó muy fuerte y la cubrió de besos. Apenas la mamá salió de su cuarto, Gladys, arropándola entre las sábanas, le dijo:

-¡A mí me parece que en tu sueño hiciste alguna travesura! Pero ahora vamos a soñar las dos el mismo sueño y nunca más te dejaré sola en el balcón.

-En el sueño, ¿podríamos viajar juntas? -preguntó Polola con su vocecita de gatita mimosa.

-Sí. Pero no te vas a separar de mí. ¡Nena! Eres muy chiquita para andar con los extraterrestres solita.

Hasta en el sueño, Gladys, era una buena mamá.

CAE UN CUERNITO

Al finalizar el invierno, al ciervito Bambutí se le cayó uno de sus hermosos cuernitos.

-¡Mamá! ¡Mamá! -gritó Bambutí llorando asustado-. ¡Se me cayó uno de mis cuernitos!

-No es nada -lo tranquilizó la mamá-. Se te va a caer también el otro. Porque al irse el frío los cuernitos caen. Pero con la primavera vuelven a salir, más lindos y más fuertes. Así le ocurre a todos los ciervos.

-¿Y no lo guardamos? -preguntó Bambutí-. Me contaron que cuando a los chicos se les cae un diente de leche, lo guardan para Ratoncito Pérez que les trae un regalo. ¿Y por qué a mí Ratoncito Pérez no me trae un regalo por el cuernito que se me cayó?

-Porque los ciervos renuevan las astas todos los años. En cambio, a los niños los dientes de leche se les caen una sola vez en la vida.

Bambutí pensó un rato muy largo. Luego, soltó:

-¡Ah! Pero los chicos tienen muchos dientes de leche para Ratoncito Pérez. ¡Y yo sólo tengo dos cuernitos!

-Bueno, bueno -lo consoló la mamá-. Conozco un Ratoncito Pérez que te traerá un rico dulce de papaya.

PAPA CORRECAMINOS

Rogelio le dijo a su hermanita: -Roxana, te voy a leer un cuento muy lindo. Escucha. -Y leyó:

"Hay un pajarito saltarín a quien le gusta andar corriendo por los caminos. Por eso lo llaman correcaminos. Cuando se cansa de correr y saltar, levanta vuelo. Total, tiene alas.

"Un día un Correcaminos corría feliz a lo largo de la ruta que va a Samborombón. Miraba a las mariposas, perseguía a las cochinillas, trinaba y volvía a correr.

"Su compañera le había dicho: -¡Ojo! ¡En la ruta hay peligros imprevistos! Correcaminos no tenía miedo: le encantaba correr. Era como tragarse el sol de la ruta. De repente apareció un perro que perseguía a un cuis. Enfrente de Correcaminos venía avanzando un coche que encandiló a todos con los faros. Correcaminos quiso ver si el cuis lograba escapar y no oyó que detrás de él apareció una motoneta. La motoneta se desvió para no embestir al perro y el Correcaminos recibió un golpe de costado. A pesar del susto y la sorpresa, el pajarito desplegó las alas y voló de golpe hacia su nido. Y le contó a su compañera lo ocurrido. El corazón le temblaba y le faltaban algunas plumas. Ella, mimándolo mucho, le dijo:

-Andar corriendo por los caminos es de la gente

que va sobre ruedas. No de los pájaros. Nosotros tenemos alas.

-Tienes razón -dijo Correcaminos-. Tendré que cuidarme porque tenemos pichones.

"Y los dos se fueron volando en busca de moras, pero lejos de la ruta."

Cuando terminó de leer el cuento, Rogelio se acordó de su papá y dijo:

-También a papá le gusta correr en la ruta. Pero él maneja muy bien el coche.

-Sí -dijo Roxana- pero el coche no tiene alas.

Entonces Rogelio se levantó y buscó un cartoncito y lápices. Dibujó una ruta y un coche manejado por un correcaminos. A un costado del dibujo, escribió:

"Querido papá Correcaminos. No corras en la ruta porque el coche no tiene alas. Y tus pichones te esperan".

ROGELIO y ROXANA

Después fue a pegar el cartelito en el vidrio del coche del papá.

LA NIÑA
Y EL PUENTE

23

En Aluminé, a los pies de los Andes, en un paisaje de tarjeta navideña, vivía Edelmira, una niña de quinto grado que llegaba a la escuelita con los pies mojados y también los útiles y el ruedo del vestido. A veces, llegaba descalza. A veces sacudía la arena de las zapatillas. Y siempre sin medias, a pesar del frío. Traía un hermanito muy chico que nunca tenía los pies mojados, ni las medias ni los pantaloncitos.

La maestra quiso saber por qué Edelmira llegaba con el ruedo mojado y arrugado. Una tarde le dijo:

-Te acompañaré hasta tu casa.

Caminaron los tres un buen trecho, a los pies del cerro, hasta que encontraron el camino cortado por un arroyo. Era un riacho cristalino, pero bastante grande y muy pedregoso. Edelmira se sacó las zapatillas, enrolló el ruedo del vestido, sentó al hermanito sobre sus hombros, tomó los útiles y entró al río. Y ya con el agua hasta las rodillas, le dijo a la maestra:

-¡Vamos! ¡Mi rancho está ahicito!

La maestra no se animaba a entrar. Por fin, se descalzó y entró al río. Pero el agua estaba muy fría y

las piedras le herían los pies. Se sujetó de Edelmira para no caerse y le dijo:

-¿Todos los días cruzas el arroyo para venir al colegio?

-¿Y cómo si no? -contestó Edelmira-. A veces se me caen los cuadernos o se me moja la harina que traigo para el rancho.

La maestra dijo: -¡Mereces un puente!

-¿Y cómo? -preguntó riendo Edelmira.

La maestra hizo conocer la historia de Edelmira. Los diarios hablaron de ella, de su valentía.

Así fue como se construyó un puente sobre el arroyo. Y hoy lo cruzan muchos escolares. Y señoras con bolsos. Y algún automovilista. Y muchos zorrinos que disparan como flechas.

-¡Bienvenida! -le dijo el abuelo al recogerla.

-Fue un viaje precioso. ¿Otro día me acompañarás?

-Viajemos ahora -dijo el abuelo y se sentó en la hamaca vecina. Apretaron el pedal y los dos hicieron el mismo recorrido. Y volvieron contentos. La gente miró al abuelo con cara de reproche. Pero los gorriones y las palomas de la plaza, aplaudieron con las alas y con el pico.

EL HORNERO Y EL CUCLILLITO

Un día se encontraron sobre una rama dos pichoncitos ocupados en sus primeros vuelos. El cuclillito cantó: -¡Cu-cú! ¡Cu-cú!

El hornerito quiso cantar y no le salió ningún gorjeo.

-No sabes cantar porque tu papá y tu mamá tampoco saben cantar -le dijo el cuclillito al hornero.

El hornerito se sintió mortificado. Luego replicó:

-¡Mi papá y mi mamá hacen un nido muy lindo! ¡Y tienen muchos premios al mejor nido! y los cuclillos no hacen ningún nido. Ponen los huevos en los nidos ajenos.

IDA Y VUELTA

Anabel estaba hamacándose en la plaza. Había sol, niños, árboles, palomas, abuelos y también perros saltarines. Anabel impulsó con el pie la hamaca y ascendió hacia arriba, volando sentada en la hamaca como un globo espacial.

Por el camino encontró gorriones yendo y viniendo entusiasmados. Y palomas mensajeras muy serias y concentradas en su misión periodística. Y un avión que daba vueltas esperando la orden de descenso. Y vio a un ángel muy apurado por atender a un niño que estaba por nacer. Encontró también un barrilete enredado en los hilos del telégrafo y lo ayudó a desenredarse. Cruzó el río: vio a los barcos naranjeros rodeados de pájaros. Vio los grandes buques, los veleros y las lanchas que pasaban como flechas. Saludó a las gaviotas atareadas en la pesca y a un delfín que hizo un salto espectacular para ella. Luego Anabel giró en redondo y volvió. Entonces vio que su ciudad y su plaza eran lo mejor del mundo.

-¡Bah! ¡Porque nosotros tenemos un pico de oro! Hay músicos y hasta hay relojes que imitan nuestro "cu-cú". A ver si tú sabes hacer ¡Cu-cú! ¡Cu-cú!

El hornerito intentó pero no le salió más que una tosecita. Y empezó a llover. A llover fuerte. Se estaba desatando una gran tormenta. El hornerito subió trepando por las ramas hasta alcanzar la horqueta en la que los padres habían construido un sólido nido. Y desde la puerta saludó al amigo Cu-cú.

El cuclillito despavorido ante la tormenta, no sabía donde ir. Sus padres no se preocupaban en construir nidos y por eso muchos pájaros no los querían. Por suerte, subió a un árbol de ramas muy tupidas y allí se cobijó. Y mientras miraba al nido del hornero, pensó: "¡El hornero sí que tiene un pico de oro!"

EL LAPIZ PRODIGIOSO

26

Gabriel quería ser un gran pintor. Quería ir a una escuela donde le enseñasen a ser un gran artista del pincel. Los padres no podían comprarle carpetas, hojas de dibujo, lápices, ni pomos de colores. Y, mucho menos, pinceles.

Una tarde, Gabriel encontró un pedacito de lápiz mordisqueado y lo guardó en su bolsillo. Tomó la hoja de una revista ilustrada y dibujó una mariposa. Y la mariposa empezó a volar. El la persiguió. Pero la mariposa, agitando las alas, le dijo:

-¡Muchas gracias, pintor! ¡Hasta la vista!

Y se fue.

Gabriel encontró un pedazo de papel blanco y dibujó un conejo, con una linda orejita. Enseguida el conejo le preguntó: -¿Y la otra orejita, pintor?

-¡Ah, sí! -dijo Gabriel y apenas le dibujó la otra orejita, el conejo saltó por la ventana.

"Voy a dibujar una bicicleta...", pensó Gabriel. "Una bicicleta no se va a escapar." Pero también la bicicleta enfiló la puerta de salida y se fue como si algún duende invisible la estuviese pedaleando. Y saludó sonando el timbre.

Gabriel pensó: "Voy a dibujar un elefante. No podrá salir porque no pasará por la puerta." Y apareció un elefante, chiquito y regalón: un bebé. Pero fue creciendo y con la trompita abrió la puerta y salió a la calle. En la calle iba creciendo a ojos vista, causando

sensación. Todo el mundo comentaba ese gran acontecimiento. Todos envidiaban la suerte de poseer un lápiz que convertía en realidad todo lo que uno soñaba.

La mamá y el papá de Gabriel no podían creerlo. El papá dijo con autoridad:

-Eso no es es verdad, Gabriel. Explícame qué pasó.

-Es verdad, papá -respondió Gabriel-. Cuando dibujo algo que yo quiero mucho, aparece de verdad.

Dibujó una rosa y la rosa apareció, todavía fresca de rocío y él la regaló a su mamá.

-¡Qué maravilla! -gritaron abrazándolo-. ¡Nos haremos millonarios! ¡Dibuja un coche!- pidió el papá.

-Dibuja una casa, pero con pileta- pidió la mamá.

-¡No sé dibujar lo que no me nace de adentro! -protestó Gabriel.

-¡Prueba! -insistió el papá-. ¡Debes aprender a dibujar cosas que sirvan para hacernos ricos!

-¡Dibuja un collar de perlas! ¡Un televisor! -pidió la mamá. Gabriel dibujó collares, anillos, coches, televisores, pero no aparecía nada. Sus dibujos seguían siendo dibujos, casi garabatos.

-¡Tira ese lápiz! -gritó el padre-. ¡No sirve de nada!

Antes de tirarlo, Gabriel dibujó un pincel. Y apareció un pincel. Gabriel sintió que en sus manos tenía un pequeño arco iris secreto. Y supo que llegaría a ser un gran pintor, pero de los que sólo pintan las cosas que guardan en el alma.

Por la noche, la mamá se le acercó para decirle:

-Gabriel: tu rosa me hizo muy feliz.

FLORES AMARILLAS

En Huiñajcito vivía una niña que se llamaba Huiñá. Le encantaba el amarillo y a veces se hacía polleritas con flores de color oro. Sabía hilar y tejer y esquilaba las ovejas y las vicuñas con mucha suavidad. Con su lana, tejía mantas primorosas.

Una tarde estalló una terrible tormenta. Huiñá corrió al monte para recoger las ovejas y las vicuñas espantadas por los truenos. Logró reunirlas en el corral, menos la vicuña más chiquita, su vicuñita, la de los ojos dulces como los de un niño. El ventarrón la había arrastrado lejos. Huiñá, desafiando la lluvia y el granizo, recorrió el cerro en busca de la vicuñita, llamándola. Y, finalmente, la encontró, atrapada por las ramas de un árbol caído.

Huiñá la levantó en sus brazos y se encaminó hacia el rancho. De pronto, oyó una voz musical y vio a Pachamama, la Madre Tierra, cubierta con un gran poncho de vicuña.

-Huiñá -dijo Pachamama-. Eres muy buena con los animalitos y yo te premiaré haciendo surgir un árbol de flores amarillas que será el "avisador" del monte. Sus campanitas, al sonar, te avisarán la llegada de las lluvias y de las tormentas.

Pachamama desapareció. Huiñá, temblorosa, llegó a su casa y curó a la vicuñita. Al día siguiente, vio que junto a su rancho había surgido un árbol de flores amarillas. Eran racimos de campanitas color oro.

Desde entonces, la gente de la Cordillera sabe que cuando las campanitas amarillas del huiñaj se mecen y producen un lindo sonido, quiere decir que va a llover o a estallar una tormenta. Entonces, llaman adentro a los niños y guardan los animalitos del corral.

EL CHIHUAHUA Y EL GRAN DANES

La tía le regaló a Horacio un perrito chihuaha del tamaño de un ovillito de lana. Y le dijo: -¡Cuidado! ¡Son los perros más chiquitos del mundo!

En la casa de Horacio ya había un mimado: Brinco, el gran danés casi tan grande como un caballito. Brinco miró al chihuaha como si fuese una hormiga. Y Chihuá lo ladró y hasta le toreó. Brinco ni se dio por aludido y siguió correteando por el parque. Y Chihuá detrás de él, rodando por el pasto cuando las patitas no le alcanzaban para seguir al perrazo.

Con el pasar del tiempo se hicieron muy amigos. Chihuá seguía a Brinco por todas partes. Y le ladraba a la gente como si él fuese el guardián. Pero ante cualquier peligro, corría a refugiarse bajo las patas de Brinco. Y suspiraba:

-Brinquito: ¡Cómo me gustaría ser grande y fuerte como tú! ¡Sería el dueño del mundo!

-Si fueras grandote, nadie te mimaría, ni te llevaría a ninguna parte -decía Brinco-. Es lindo ser grandote y es lindo ser chiquito, si a uno lo quieren.

Fueron años felices, hasta que Brinco envejeció.

Chihuá seguía cargoseándolo. Y un día, Horacio, que también había crecido, le dijo:

-Chihuá. Tienes que ser más considerado con Brinco. Es viejo y está un poco sordo y cansado.

-¿Viejo? -preguntó Chihuá. No entendía qué era eso.

-Un gran danés vive diez años -explicó Horacio-. Y los chihuahuas viven el doble: veinte años.

Desde ese día, Chihuá trató de ser amable: cazaba las moscas que molestaban a Brinco y daba vuelta carnero para hacerlo reír.

EL ARROYITO ESCONDIDO

29

Desde el cerro nevado bajaba un arroyito tan finito que parecía un hilo de cristal. Descendía saltando y cantando entre las rocas, feliz, incansable.

Un día pasó por ahí un pastor de ovejas, lo vio y le dijo:

-¿Por qué metes tanto barullo? Casi no se te ve. En cualquier momento puedes secarte y desaparecer.

-¡Oh! -dijo el arroyito sorprendido y sintió un poquito de vergüenza por ser tan chiquito y juguetón.

-¿Qué pretendes con tan poca agua? -insistió el pastor riéndose-. No tienes peces, como el río, el lago y el mar. Y no formas cascadas: ni siquiera un charquito para que los chivos del monte vengan a beber. ¡No sé por qué cantas tanto!

El arroyito, al sentirse tan pequeño, fue a esconderse entre las rocas y los matorrales del cerro, pero siguió bajando, de a saltitos, como si jugara a las escondidas. Desde el camino, ya nadie lo veía. Sólo los pájaros que oían su vocecita de cristal, se acercaban a él. Bebían su agüita y se refrescaban las alas, alborotados, salpicando el follaje.

Un verano de gran calor y sequía, bajó el pastor con su niño y un corderito. Los tres tenían mucha sed. El pastor fue en busca del arroyito y no lo encontró.

-¡Arroyito! ¡Arroyito lindo! -llamó el pastor-. ¿Dónde estás? ¡Eras fresco y cantarín, como un cascabel! ¿Por qué desapareciste? Tenemos sed.

El niño vio que unos pájaros que revoloteaban por allí, se metían entre la ramazón más tupida y salían con gotitas de agua en el pico. Largó al corderito y el corderito trepó entre las rocas. Y descubrió el arroyito escondido entre las grietas.

-¡Qué lindo arroyito escondido! -exclamó el niño.

Los tres bebieron de esa agua tan límpida. Luego el pastor, con su pica, le hizo lugar para que el arroyuelo formara una cascada y un ojo de agua para la alegría de los pájaros.

Desde entonces, todos lo llamaron "Arroyito escondido".

LLEGA UN HERMANITO

Tobogán era un cangurito mimoso, travieso y remolón. Ya tenía veinte meses y seguía acurrucado en la bolsa de la mamá. El papá lo retaba diciéndole:

-¡Camine, no más, remolón! ¿Qué es eso de andar siempre viajando en la bolsa de su mamá? ¡Su madre se cansa!

Tobogán se apretaba con los bracitos al cuello de la mamá y no quería abandonar su nido que era también su coche particular. Y a veces, jugando en la selva, si advertía algún peligro, ¡patapúfete!, un salto y se sumergía de cabeza en la bolsita de la mamá. Daba vuelta carnero y luego asomaba la cabecita para espiar el mundo.

Un día la mamá le tomó la manita y se la hizo pasar sobre su pancita. Y le dijo:

-Ponga también el oído y escuche. ¿Qué siente?

-Me parece que hay algo que se mueve -dijo Tobogán.

-Sí, es un nuevo cangurito. Un hermanito tuyo que nacerá dentro de poco. Entonces, tú ya no puedes entrar de sopetón en la bolsa. Podrías hacerle daño. Es muy chiquito. Además tengo que preparar la bolsa bien limpia para cuando llegue él. Es muy chiquito.

-¿Y no me querrás más a mí? -preguntó Tobogán.

-Te querré como siempre. Mucho. Y tu papá también. Sólo que la bolsa la necesitará el bebé porque no sabe andar solo. Después, seremos tres en quererte.

-¡Y yo le enseñaré a caminar para que no sea remolón! -dijo Tobogán saliendo de la bolsa muy contento.

LA ORQUESTA DE CACEROLAS

En Balde Viejo vivía una señora muy rica en añares y muy parlanchina. Lucía un gorro con pompones y tenía el hábito de hablar con todo lo que la rodeaba: las plantas, el gato, el televisor, las canillas y el bisnietito que apenas gateaba. Un día se le escapó de las manos el cucharón y ella le dijo muy enojada:

-¿Por qué te fuiste al suelo? ¿Te crees una pelota? -y remató lo dicho con un golpe entre dos tapas de cacerolas. Pero una de las tapas se le escurrió de las manos y fue a rodar por el piso de la cocina.

-Y tú ¿adónde vas? -le preguntó la señora-. ¿Te crees un trompo? ¡Déjate de rodar! ¡Párate! ¡Tonta!

-¡Yo no soy ninguna tonta! ¡Estoy patinando! -chilló la tapa mientras rodaba por el piso. El nene reía encantado. El gato, sorprendidísimo, se encaramó al aparador.

-¡Pero yo no estoy jugando! ¡Estoy cocinando! -replicó la señora sacudiendo los pompones con un

golpe de cuchara sobre el colador.

-¡Usted sigue jugando a la orquesta como cuando era chica! -insistió la tapa con voz de aluminio y risitas de cascabel. El canario protestó airadamente. En cambio, el gato pensó: "¡yo no me meto!"

-Los abuelos volvemos a ser chicos. ¿No lo sabías? -canturreó la señora empomponada. Y tomó la tapa y la hizo girar ante el niño como si fuera un trompo. La tapa giró y luego fue a chocar contra el cucharón y produjo un gong que despertó a los duendes de la música encerrados en las cacerolas.

-Entonces, ¡viva la música! -dijo la señora batiendo las tapas de las cacerolas como timbales. Y empezó a desfilar por la cocina al son de la banda de sonidos que surgían desde la sartén, los jarros, la olla del puchero, el agua de las canillas, el cristal de los vasos.

Las plantas movían las hojas danzando. El gato saltaba sacudiendo el cascabel. El nene golpeaba la cucharita sobre el platillo. Y el canario trinaba dando órdenes con el pico y con las alas, como un verdadero director de orquesta.

PIRUETA Y LA BOLETA **32**

La mamá y Karina llegaron al taller de muñecas en el que habían dejado a Pirueta para que le arreglaran los ojitos que se les habían torcido.

-Vengo a buscar la muñeca de mi hija -dijo la mamá al señor que atendía el taller-. ¿Ya la arreglaron?

-Vamos a ver. Deme la boleta para identificar a su muñeca -dijo el señor que atendía el taller.

-Karina, ¿dónde está la boleta? -preguntó la mamá.

-No sé adónde la pusimos -dijo Karina-. Pero no hace falta porque mi muñeca se llama Pirueta. Y hace piruetas.

-Sí, nena -dijo el señor-. Pero no entregamos nada sin la boleta. Vayan a buscarla.

-¡Allí está! ¡Allí está mi Pirueta! ¡Sobre ese estante! -gritó Karina señalando el lugar en el que estaba parada su muñeca con los ojitos ya arreglados.

-Sí, pero primero tenemos que ir a casa a buscar la boleta. ¡Vamos! -insistió la mamá tomando a Karina de la mano para salir del negocio. Karina se puso a llorar.

-¡Mamá! ¡Mamá! ¡No te vayas! -trinó Pirueta con vocecita de campanillas. Y danzando en piruetas sobre los estantes, llegó hasta el mostrador.

-Ya veo que Pirueta es tu hija -dijo el señor del taller-. Puedes llevártela sin boleta.

Y Pirueta, de un brinco, saltó a los brazos de Karina.

CUENTO QUE TE CUENTO

Esto que yo te cuento
es el cuento del ciempiés
que caminaba al revés.
El cuento del puercoespín
que andaba en monopatín.
El cuento del saltamonte
que saltaba no sé adónde.
El cuento del malacara
galopando a Punta Lara.
Y el cuento del picaflor
que piloteaba un bimotor.
El cuento del papamoscas
que volaba haciendo roscas.
Y cuenta del correcaminos
tropezándose con molinos.
Cuenta de un espantapájaros
montado en alas de pájaros.
Y cuenta del escarabajo
panza arriba y panza abajo.
Y el cuento del petirrojo
que jugaba al gallo cojo.
Pero al llegar medianoche...
vienen todos al carricoche.
Y sueñan dulces sueños
arrulladitos por sus dueños.

EL MALVON

A la señora Hortensia le gustaban mucho las plantas que decoraban el balcón de su living. Eran su orgullo. Entre los rosales, los helechos y las azaleas, había también un humilde malvón que siempre daba flores, en invierno como en verano y resistía a las intemperies.

Un día, a la señora Hortensia le regalaron una planta preciosa, de floristería, muy cara y paqueta. La señora la colocó en el mejor sitio del balcón y para eso corrió al malvón hacia un costado, casi a la sombra.

Otro día le regalaron un soberbio crisantemo y el malvón terminó en un rincón de la cocina, sin luz y casi sin aire. Poco a poco, las hojas se secaron. Al tiempo, la señora Hortensia, suspirando, lo abandonó en la acera, junto a la bolsa de desperdicios.

Pasó por la calle doña Jacinta, una vecina muy humilde que vivía en una casa sin balcón a la calle. Vio la planta seca y abandonada y la levantó. "Un malvón es lindo y generoso", pensó. Y lo llevó a su casa. Le dio agua. Le removió la tierra, le puso trocitos de carbón y lo colocó cerca de la ventana. Cuando el sol o el aire eran muy fuertes, lo protegía con las hojas de diario. Y si llovía finito, sacaba la maceta hacia afuera, sosteniéndola con las manos. Y se divertía mirando cómo la lluvia jugaba con las hojas y cómo también el malvón parecía jugar con la lluvia y reír agradecido.

El día del cumpleaños de doña Jacinta, el malvón abrió unas flores rojas espléndidas que parecían decir: "¡Feliz cumpleaños, Jacinta!"

LA PRIMERA CARTA 35

A Hernán le dio un berrinche porque la mamá no le permitió jugar con cohetes de fin de año. Y en su enojo, le dijo palabras muy feas a la mamá. Después, se arrepintió y lloró un poquito. Quería decirle: "perdóname, mamá. Fue sin querer". Pero no sabía cómo ni cuándo. Las palabras no le salían.

Entonces, antes de la cena, sin que nadie lo viera, tomó una hoja de papel y dibujó un monito regalándole una flor a la mamá monita. Y abajo, con letras grandes y desprolijas, escribió:

> T e q u e r o m u c h u ma ma
> H e r n a n

Después dobló la hoja y la escondió dentro de la servilleta de la mamá. Cuando todos se sentaron ante la mesa para comer, la mamá, al desplegar la servilleta, encontró la carta. Fue una emoción. Todos se pusieron contentos. La mamá beso a Hernán y dijo:

-¡La primera carta de mi hijo! ¡Qué alegría!

NICO Y LA CALESITA 36

En un pueblito de montaña, había una calesita que no funcionaba con electricidad ni con motor. El dueño ataba un burrito al poste que sostenía la calesita y el burrito daba vueltas en círculo, a veces trotando, a veces despacio. Y así la calesita giraba.

Allí cerca vivía Nico que nunca podía ocupar un asiento porque no tenía monedas. Y cuando las vueltas eran gratis, los otros chicos subían y él no, porque era chiquito y tímido. El miraba al burrito.

Una tardecita Nico cruzaba la plaza y oyó:

-¡Niiii-cooo! ¡Niiii-cooo!

Era el burrito. Se acercó a la calesita y vio que todos los chicos se habían ido.

-¿No quieres dar una vueltita? -le preguntó el burrito.

Nico subió a un asiento y luego a otros mientras el burrito andaba trotando, siempre en circulo. Nico lo miró y se dio cuenta de que el burrito lo quería, porque daba vueltas a pesar de estar muy cansado. Entonces, bajó del asiento, se acercó al burrito y le preguntó: -¿Te gustaría pasear por el cerro?

-¡Me encantaría! -contestó el burrito-. Tomaríamos agua fresca y no estaría atado. ¡Veríamos flores!

-¡Vamos! -dijo Nico desatándolo y subiendo a su lomo.

Y los dos se fueron a pasear por el cerro.

E inventaron una canción.

UN PAJARO MUY RARO

Hace muchos años, en una aldea de Austria había un niño a quien le gustaba cantar y oír música: José. Y quería ir a la Escuela de canto para aprender música. Pero era hijo de campesinos pobres. Un día llegó al pueblo un pariente importante: recorría las aldeas para elegir a los chicos que ingresarían al Coro de Niños Cantores de Viena. A él no lo tendrían en cuenta porque no tenía aún seis años. No sabía leer ni escribir y ni siquiera concurría a las clases de canto de la parroquia.

Cuando el pariente importante llegó a la casa de los padres, a él lo mandaron a darles de comer a las aves del corral. Y José trepó a un árbol y cantó con su mejor voz:

-¡Kikirikí! ¡Kikirikí! ¡Kikirikí!

Todos acudieron al patio para ver qué gallo era ése.

No vieron ningún gallo. Pero oyeron el canto del cuclillito: -¡Cu cú! ¡Cu cú! ¡Cu cú!

Todos miraron arriba y por todas partes, intrigados. Y de pronto oyeron los agudos trinos de un ruiseñor. Era un gorjeo altísimo, como un cascabel de cristal.

-¿Qué pájaro tan extraordinario es ése? -preguntó el pariente importante. Miraron hacia el árbol y descubrieron a José, trepado entre las ramas.

-¡Ah! ¡Eres tú el que canta como un gallo, un cuclillo o un ruiseñor? -preguntó el personaje que venía de Viena.

-Sí, soy yo -dijo José-. Si usted quiere puedo imitar al caballo, al pato, la rana...

-Quiero que imites al canto de los ángeles -dijo el personaje. Y llevó consigo a José para que ingresara en el Coro de Niños Cantores de Viena.

LAS ANTENAS

Era un anochecer cruzado por clarines invisibles.

Marcelo miraba el cielo desde el balcón de su departamento. No veía las estrellas, pero veía encenderse las luces de millones de ventanas. Abrió mejor los ojos y distinguió también miles de antenas de televisión, trepando hacia el cielo, encaramadas en las azoteas, en los techos, en los picos de los rascacielos. Algunas se destacaban solitarias. Otra parecían candelabros, mástiles de barcos o las ramas de un árbol. Las puntas de algunas antenas brillaban con luces rojas, verdes y amarillas.

Era lindo ver el cielo empenachado por tantos globitos luminosos. La ciudad parecía el tronco de un inmenso árbol de Navidad. Las antenas se estremecían como las cuerdas de la guitarra, pero sin moverse de su lugar. Marcelo le preguntó al papá:

-¿Qué hacen las antenas? ¿Por qué tiemblan?

-Vibran -explicó el papá-, porque están transmitiendo señales: imágenes, música. En fin, mensajes.

-Y las antenas, ¿llegan a transmitir mensajes también a las estrellas?

-Las estrellas son mundos que están más allá del espacio que vemos desde aquí -respondió el papá.

-¿Y cuál podría ser la antena que llegue a transmitir nuestros mensajes a los mundos del espacio?

-Seguramente, la que logre transmitir la imagen más importante de nuestro planeta -concluyó el papá.

Marcelo se acostó pensando en cuál sería la imagen más importante que llegaría por primera vez a otro planeta, donde también hubiese niños esperando mensajes.

Y soñó que era la antena de su edificio la que llegaba a emitir mensajes de la Tierra a las estrellas. Soñó que esa antena transmitía la imagen del papá y de la mamá mientras decían: "Se acabó el cuento. Hasta mañana, mi amor". Y la perrita Bambolla se ovillaba entre sus brazos.

LOS OFICIOS

Los animalitos del bosque hablaban de los oficios.

-Yo quiero ser cartera -dijo la monita-. Me gusta tocar timbre en las puertas y entregar cartas. ¡Seguro que regalan bananas! Además ¡quiero ser cartera que ande en bicicleta!

-Yo quiero ser médica -declaró la ardilla-. ¡Estoy cansada de guardar las cosas de la casa! ¡Quiero atender a los enfermos, pero ¡con botiquín y lamparita en la cabeza!

-Cuando yo sea grande -chilló el pato Pit-, ¡quiero ser buzo!

-¿Buzo? -rio el oso-. ¡No sabes lo que dices! ¡Te mandan bajo el agua con un traje lleno de goma, de cables y de pilas!

-A mí me encanta ir al fondo del mar y ver qué hay allí -dijo Pit-. Pero mi mamá no me deja ir a la Escuela de Buzos.

-Yo quiero ser bombero voluntario -cortó el oso-. ¡Es muy divertido! Se corre, se llevan escaleras y se echan chorros de agua sobre las casas y sobre los barcos. ¡Y todos miran!

-Yo quiero ser cazador -gruñó el zorro-, pero con escopeta automática y un cinto con dos revólveres.

Todos lo miraron de reojo porque eso no era divertido.

Pasaron días llenos de sol. Y otros con niebla; otros con vientos; otros con lluvia y otros con un poquito de todo. Los animalitos crecieron. Fueron al colegio. Un día, llegó una cuadrilla de hombres para talar árboles. La monita corrió a lo más espeso del bosque para avisar a los monos que vivían allí. Y ellos la nombraron cartera y le regalaron una bicicleta. Luego sucedió que un cangurito cayó enfermo. La ardilla buscó un botiquín y lo atendió con cuidados hasta que el canguro sanó. Entonces la nombraron médica del bosque.

¿Y qué pasó con Pit? Pasó que unos patitos recién salidos del cascarón, cayeron al agua y Pit, que nadaba muy bien debajo del agua, los fue salvando uno tras otro. Entonces los padres le dieron permiso para ir a la Escuela de Buzos.

También sucedió que un árbol prendió fuego. El oso corrió enseguida hacia el árbol y con muchos baldes de agua logró apagar el incendio. La gente del bosque le compró un autobomba y también un casco. Así pudo ser Bombero Voluntario.

¿Y el zorro? El zorro todavía está escapando, de un lado a otro, porque hay muchos cazadores que lo persiguen y nadie, nadie lo quiso ayudar en su oficio de matar gente.

-¡No, señora! No son para vender. ¡Las palomas son para soltar en la plaza!

Y así fue como Carmencita soltó las palomas y por un tiempo largo se quedó sin zapatitos de charol.

Pero cuenta, que ella cantaba y bailaba feliz, ligera como una paloma. Y así fue cómo encontró un palomo: el abuelo Sebastián.

UN HOGAR EN LOS CERROS

41

Cerca de Ascochinga, a los pies de un cerro, vivía una viejita muy sola. Todas las noches, antes de acostarse, rezaba: -Diosito querido. Que no venga la comadreja a robarme las gallinitas. Que mis tres corderitos no se pierdan en el monte. Que la vaquita no se empaste con yuyos malos. Y, por favor, que mis plantitas no se abichen. Son tan lindas las flores, Diosito...

Una noche estalló una tormenta. Truenos y relám-

LAS PALOMAS

40

Cuando doña Carmen, la abuela de Virginia, era chica, vivía en un pueblo de Europa y le pasó esto que le pasó.

Un día la madre le dio dos palomas bien aladitas y le dijo:

-Ve al mercado a venderlas. Con ese dinero, y el pavo que luego venderemos, compraremos tus zapatitos de charol.

Carmen soñaba con zapatitos de charol y mientras iba camino al mercado, pensaba: "Guardaré el dinero. Pero no todo: compraré unos dulces también. Otro día volveré al mercado con más palomas. Así iré juntando dinero..."

Y, mientras tanto, sentía en sus manos el calorcito de las palomas, y también sus agitados latidos. Sus cuerpecitos temblaban. Se picoteaban. Parecían hablar.

-¡Quietas... Tranquilas! Ya encontraremos quienes quieran tenerlas en casa y darles un nido- les decía.

Enseguida encontró un ama de casa que le dijo:

-A ver esas palomas. ¿Son buenas para el horno?

Y las palpó sin pedir permiso. Carmencita sintió que el corazoncito de las palomas saltaba de terror, y de repente, dijo muy segura:

pagos sacudían el monte. La viejita rezaba: -Diosito querido. Que los animalitos extraviados en el monte no se espanten. Y que el granizo no destruya el maíz de la pobre gente...

La tormenta desató todas sus furias. Los vientos soplaban como huracanes. Y el granizo caía como piedras cruzadas. La viejita se acercó a la vela encendida y rezó:

-Diosito querido: que nadie se extravíe en una noche tan fea... Y que ningún chango se encuentre solo y desamparado en una noche de tormenta...

De repente oyó golpes en la puerta. Fue a abrir.

Una ráfaga de tempestad la echó atrás. Sin embargo, pudo ver a un changuito empapado y tembloroso.

-¡Pasa! ¡Pasa! -le dijo enseguida la viejita. El chiquilín entró al rancho y contó que se había perdido en la cerrazón del monte. La viejita le alcanzó ropa seca. Y le dio un tazón de leche con camotes asados bien calentitos y que el niño devoró.

Pasada la tormenta, el changuito Juan, que no tenía papá ni mamá, se quedó a vivir con la viejita. Y ella ya no tuvo miedo de que la comadreja le robara los huevos; que el zorro le robara las gallinitas; que los corderitos se extraviaran en los cerros, ni que la vaquita se empastara con los yuyos malos. Juan la ayudaba en todos estos quehaceres y cuando volvía del colegio encontraba pochoclos y bollitos de maíz.

Y cuando llovía, ella le hacía tortas fritas.

¿POR QUE TEJES, TEJEDOR?

42

En un claro de la selva, pasó un enjambre de cigarras. Revoloteaban y chillaban más bulliciosas que escolares a la salida de clase. De repente, vieron una red suspendida de las ramas de un árbol que brillaba como tejida por los rayos del sol. Era la red de una araña. Las cigarras, fascinadas, repetían en su zig zig: -¡Qué hermosa telaraña! ¡Qué gran artista! ¡Zig! ¡Zig!

La araña se puso tan oronda que se le infló la nariz. Ronda que te ronda, las cigarras vieron colgada de las ramas de un ceibo una hamaca con flecos, toda de encaje, pequeña y redonda como una nuez. Era el nido del picaflor. Deslumbradas, formaron un círculo para admirar ese maravilloso tejido. La araña, envidiosa, murmuró:

-¡Oh, vaya! ¡No es para tanto! Hay tejedores más ingeniosos: el bicho canasto, la hormiga de los árboles, el boyerito... ¡Pero nadie supera la belleza de mi red!

El picaflor no dijo nada porque sólo abría el pico para cantar o para chupar el néctar de las flores.

Las cigarras parlotearon entre sí y resolvieron:

-Es difícil saber quién es el mejor tejedor. Vamos a ver por qué algunos bichos tejen. Y preguntaron:

-Arañita, ¿por qué tejes tan linda red?

-¡Vaya pregunta! -contestó la araña-. ¡Para cazar moscas!

-¡Ah, ah! Zig, zig. Y tú, picaflor -preguntaron-, ¿por qué tejes un encaje tan delicado para tu nido?

-¡Porque me encanta tejer! ¡Y hacer un nido hermoso para mis pichones! -contestó el picaflor reanudando sus picadas acrobáticas sobre las flores.

Entonces, las cigarras inventaron una competencia de vuelos danzantes, en frecuencia modulada, en honor del picaflor.

UN CUENTO DE HORROR

43

Al perrito Bochinche le gustaban los cuentos de horror. Todas las noches quería que Raulito le contara un cuento de misterio, con monstruos y dragones. Los escuchaba con las orejas y la cola paradas y gruñía bajito, mirando hacia la puerta. Le gustaba sentir miedo.

Un día de mudanza, Bochinche pasó corriendo al lado de unos tarros de pintura. Y, atolondrado como era, patapúfete, cayó dentro de un tarro de pintura negra.

Entró hasta el cogote. Por suerte, logró salir, pero volteando un tarro de pintura roja. Así se embadurnó de rojo todo el hocico y las orejas. Bochinche corrió cabizbajo hacia su cucha, pero al pasar por la galería, se enfrentó de golpe con un gran espejo apoyado contra la pared. Entonces vio abalanzarse sobre él un monstruo todo negro con el hocico y las orejas coloradas y chorreantes. Se asustó tanto que se mareó y chocó contra algo duro. Salió disparando, pero vio, de reojo, que el monstruo lo perseguía. Entonces corrió hacia Raúl, y, entre saltos y ladridos, le contó que un dragón negro, con las orejas rojas lo había atacado. Y saltó a los brazos de Raúl buscando refugio.

Apareció la mamá de Raúl y le gritó a Bochinche:

-¿Qué hiciste? ¡Estás hecho un desastre! ¡Has embadurnado de pintura todo el espejo! Y ahora nos ensucias a todos. Vamos a bañarte. ¡Vamos!

La mamá, y Raúl con Bochinche en los brazos, se fueron hacia la pileta de lavar. Pero al pasar ante el espejo, Bochinche se animó a gruñirle al dragón negro y rojo porque estaba protegido por los brazos de Raúl.

La señora envolvió a Bochinche en diarios viejos y luego le sacaron la pintura con algodón y aguarrás y, finalmente con agua y jabón. Bochinche gemía y pataleaba. La mamá lo secó y fue a limpiar las manchas de pintura causadas por Bochinche al chocar contra el espejo. Bochinche se fue acercando a la galería despacio, con pequeños ladridos. Creía que allí seguía ocultándose el monstruo negro con hocico y orejas coloradas. En cambio, se vio a sí mismo, todo mojado y apichonado como un pollito.

Entonces, estornudó, que es la manera de reír de los cachorros cuando se dan cuenta de que los monstruos no existen.

FIESTAS CON GUITARRA

44

En Ibicuysito llegaron las fiestas de fin de año. Todo el mundo de compras y de festejos, menos dos gorriones que habían quedado rezagados y habían construido su nido en el alero de una casa de rejas rojas.

-¡Qué solitos vamos a estar esta noche! -dijo el gorrión.

-Podríamos preparar un arbolito y adornarlo con musgo y con flores... -dijo la gorrioncita.

-Le tengo miedo al gato de la casa -suspiró el gorrión.

En cambio, al atardecer vieron aparecer al gato, muy amable, de galera, con un gran moño dorado, una guitarra y dos paquetitos.

-¡Felices fiestas! -maulló el gato-. Pensé que podríamos pasarla bien todos juntos. Traje mi guitarra y unos regalitos. ¡Es lindo tener amigos!

-¡Muchas gracias! ¡Encantados! -gorjearon los gorriones desenvolviendo los regalos. Eran gorritos de fiesta.

El gato se puso a tocar la guitarra y apareció también un pato. Los dos gorriones se pusieron a bailar un chamamé. Era lindísimo bailar bajo la luz del ocaso, entre las plantas. El pato no tenía con quién bailar. Por suerte, apareció el perrito de enfrente, el andariego, lavadito y perfumado. Todos se pusieron gorritos de fiesta y una ardillita trajo nueces. Y todos

-Sí, pero a mí me encanta la velocidad -insistía la tortuga-. Me conformaría con pegar un salto, como los sapos.

Y la tortuga intentaba volar agitando las aletas y levantando las patas. Y siempre caía en redondo.

Pasó por ahí Rolando que llevaba a pasear su oso sentado en un cochecito a remolque del triciclo. El chico, al ver las cabriolas de la tortuga, se puso a reír y le preguntó: -¿Qué te pasa Floriponda?

-Me gustaría volar -contestó la tortuga-. O por lo menos correr y pegar un salto.

-Te llevo en mi plato volador -se ofreció Rolando. Y levantó la tortuga y la sentó en el cochecito, junto al oso que la protegió con sus bracitos. Luego, subió al triciclo y pedaleó a todo lo que daba.

-¡Qué lindo es volar! ¡Qué sensacional es la velocidad! -decía la tortuga entusiasmada, secándose el sudor.

-Me alegro, pasajera -contestó Rolando ayudando a la tortuga a bajar de la nave espacial.

Estaba feliz porque había hecho feliz a la tortuga.

bailaron y cantaron al son de la guitarra, mientras las campanas repicaban diciendo:

¡Felices fiestas!
¡En las ciudades
y en las florestas!

UNA TORTUGA VIAJA EN TRICICLO

45

La tortuga Floriponda quería volar y le pedía a cuanto bicho veía volando que le enseñaran a levantar vuelo. Y movía las aletas, con las que nadaba, como si fueran alas.

-Confórmate con nadar -le decían todos-. En el agua corres bastante rápido.

LA PRIMAVERA

46

Viene que viene.
Viene al galope
la primavera.
Barre la nieve.
Barre el gorrito
sobre la acera.
Locas de verde
rondan las hojas
en la pradera.
Vuelan los globos.
Vuela el globero.
Vuelan las flores
del duraznero.
Y en la terraza
vuela que vuela
la ropa tendida
y también la abuela.
Giran antenas.
Giran semáforos.
Gira tu corazón
en alas de pájaros.

ENTRE DEPORTISTAS

 47

En Trampa del Tigre se encontraron una cigüeña y un picaflor. Eran grandes deportistas los dos y el picaflor le dijo a la cigüeña:

-¡Te juego a quién vuela más ligero! A ver quién llega primero desde Turú Tarí hasta Tome y Traiga.

-¡Vamos! -dijo la cigüeña, que era soltera.

Y emprendieron vuelo. El picaflor disparó como flecha tornasolada. La cigüeña abrió un vuelo parejo y ondulante. El picaflor se cansó muy pronto de ese ritmo vertiginoso y se posó en la rama de un aguaribay para recuperar aliento. Cuando vio que la cigüeña podría alcanzarlo, tomó nuevo impulso y volvió a disparar con la rapidez de un proyectil. Pero de repente se dejó caer sobre las aguas del río, abatido. La cigüeña voló rápidamente hacia él y le preguntó:

-¿Qué te pasa, campeón?

-No puedo más -suspiró entrecortado el picaflor.

-Volaste demasiado rápido -dijo la cigüeña-. Hay que volar con ritmo parejo. Agárrate de mis patas y sube a mi espalda. Llegaremos juntos a Tome y Traiga.

Y así fue. Los dos llegaron felices porque eran amigos.

LA VENDEDORA DE GLOBOS

48

El viejito que vendía globos en el zoológico se enfermó. Entonces, la señora del viejito, que era una señora abuelita, con muchos nietos y muchos ovillos de lana, dijo:

-Voy yo a vender globos en el parque.

Y todos le dijeron:

-¿Cómo va a ir usted, a vender globos a la plaza, una señora tan abuelísima, con sillón hamaca y anteojos de abuelita? ¿No sabe lo revoltosos que son los chicos? ¿Y la confusión que hay en el zoológico con tanta gente y con tantos bichos?

La señora muy abuelita sacó la bicicleta de la nieta, le colocó luces y campanillas por todas partes y luego ató al manubrio muchísimos manojos de globos. Se enchufó los anteojos y una bufanda de colores y partió en bicicleta.

-¡Alas, globos, alas! -decía.

Eran tantos los globos atados al manubrio que el viento los empujaba hacia arriba y la señora abuelita volaba por el aire pedaleando su bicicleta, tocando campanillas y encendiendo señales luminosas, como los aviones.

Todos miraban esa bandada de globos que llevaban por el aire a la señora de bufanda y anteojos, que saludaba a las estatuas y a las palomas. La seguían una nube de pájaros y de mariposas. Y también una langosta despistada y un ciempiés, agarrado de un globo.

Cuando la señora viejita aterrizó en el zoológico, todos los chicos le compraron un globo. Y así la señora viejita en un solo día vendió todos los globos y se hizo amiga de los chicos.

EL CAPOTE MAGICO

49

Jugando en el desván, Damián encontró una capa con capuchón. Era tan vieja y raída que no pesaba nada. Se la puso y enseguida se dio cuenta de que con ese capote él se volvía invisible.

Muy contento se puso a andar por la casa y nadie lo veía. Sacaba manzanas de la mesa o postres de la heladera y nadie se explicaba cómo desaparecían esas cosas. En la calle, nadie lo veía tampoco. Entraba en los negocios y se servía golosinas a su gusto. Y si veía a una nena paseando el muñeco en su cochecito, lo levantaba y lo llevaba con él en patineta. Y la nena gritaba. ¿Cómo podía ser que el muñeco flotara solito sobre la patineta?

Un día, le sacó la pipa de la boca a un señor. Otra vez, le quitó el clavel que un novio llevaba en el ojal y se lo obsequió a una señora que pasaba. Y la señora creyó que se lo enviaba el cielo.

Otro día, en la plaza, se puso a golpear el tambor mientras un personaje pronunciaba un largo discurso. Causó un revuelo. Luego, al volver a su casa, escondía la capa en el desván. Lo que más le divertía era ponérsela para andar en bicicleta, porque entonces la gente gritaba despavorida: "¡Una bicicleta que anda sola! ¡Una bicicleta que toca el timbre sola!"

Un domingo, en el zoológico, cortó un piolín... y soltó todos los globos. La gente se amontonó corriendo detrás de los globos que andaban sueltos y él fue a abrir la jaula de los monitos, causando más corridas y

griterío. Por la tarde, entró a la cancha de fútbol y se metió en el área de juego. Como nadie lo veía, corría, hacía zancadillas y pateaba la pelota en los tiros penales y hasta agarró la pelota con las manos, la puso frente al arco e hizo el gol. El árbitro gritaba: "¡No puede ser!" Los aficionados gritaban: "¡Tramposos!" Todos parecían enloquecidos y las cámaras de televisión también.

A la noche, entró a la cocina con la capa puesta para comer buñuelos. Un ratoncito olió la capa, saltó al capuchón y se le metió por la espalda. Damián corrió hacia la mamá. Pero la mamá, que no lo veía a él y sólo veía a un ratón suspendido en el aire, se escapó gritando espantada. A Damián le impresionó tanto que su mamá no lo viera ni lo ayudara, que se arrancó la capa y la echó al fuego.

COMO FLOR DE SOL

50

Un Angel de la Guarda
ensayaba un canto.
Su niño, muy tranquilo
jugaba jugando.
    Pasó a vuelo rasante una paloma.
    Traía en el pico una rama de olivo.
    Y con la punta del ala,
    saludó al ángel amigo.
-¿Adónde vas, palomita, tan apurada?
-Llevo un mensaje de paz-
dijo animosa el ave.
-Vuelo y no descanso jamás.
    El ángel así habló:
    -Paloma. Yo llevaré el mensaje.
    Dame la rama.
    Y descansa del viaje.
-No, Angel de la Guarda.
Los hombres no miran al cielo
No ven a los ángeles.
No saben su desvelo.
    -Grabemos el mensaje en mi niño-
    insistió el ángel con pasión.
    El niño miró la paloma.
    Y abrió su corazón.
Desde entonces, como flor de sol,
la rama de olivo
en el pecho del niño
tiene abrigo.

LA MUÑECA SIN UN BRACITO

51

Una mañana Juan Manuel encontró entre los canteros del jardín la muñeca de goma espuma de su hermana Marilina. Le dieron ganas de jugar al fútbol y le hizo dar un salto en el aire. La muñeca cayó con un bracito desprendido.

Asustado por lo que había hecho, Juan Manuel levantó la muñeca, corrió hacia el terreno de los vecinos y la arrojó al otro lado del cerco.

Al atardecer, Carmencita, la nena que vivía cerca del jardín de Juan Manuel, fue a sacar agua del aljibe y mientras introducía el balde, vio que desde el fondo del pozo, le sonreía una carita muy linda.

Carmencita hundió el balde en el aljibe y cuando lo levantó, encontró que adentro había una muñeca

preciosa, pero toda empapada y deshecha.

—Pobrecita —dijo Carmen—. Yo te sanaré.

Entró a la cocina, se acercó al fogón y trató de secar la muñeca y de rehacerle las trenzas. Era muy linda, pero le faltaba el bracito.

—Pobrecita —repitió Carmen—. ¡No llores! Yo te quiero igual y te cuidaré mucho más. Te enseñaré a escribir, a lavar, a hacer todo, todo, aunque te falte un bracito.

A partir de ese momento, Carmencita y la muñeca se hicieron inseparables. Eran la mamá y su nena.

Una tarde, desde su jardín, Marilina vio a Carmen sentada junto al aljibe, arrullando una muñeca. Enseguida reconoció que era *su* muñeca, si bien ya se había olvidado de ella.

—¡Mamá! ¡Mamá! —gritó Marilina—. La vecina me robó mi muñeca.

La mamá de Carmen salió a ver qué pasaba y se enojó muchísimo. No creyó que su hija hubiera encontrado en el aljibe una muñeca tan preciosa. Se la quitó, la entregó a Marilina y le dijo: —Aquí la tienes,

pero tú eres su dueña, no su mamá.

Marilina, al ver que a la muñeca le faltaba un bracito, dijo de mal modo:

—¡Me la rompió! Yo no la quiero más. ¡No me gustan las muñecas rotas! La voy a tirar.

Y al rato, Marilina tiró la muñeca más allá del cerco que dividía los dos jardines.

Al atardecer, Carmencita oyó un llantito como de grillos. Esperó que su mamá no la viera y corrió a levantar la muñeca que Marilina había tirado. La acunó en sus brazos, le secó las lágrimas, le curó el hombro y le dijo:

—Tú no tienes dueña. Tú tienes una mamá que te quiere y que soy yo.

Al día siguiente, cuando la mamá de Carmen descubrió otra vez la muñeca de goma espuma en las manos de su hija, le ordenó en voz alta:

—¡No quiero verte con esa muñeca! ¡No es tuya!

—Pero yo la encontré y yo la quiero —protestó Carmencita—. ¿No ves que le falta un bracito, pobrecita?

—Ve a devolverla, te digo. No quiero líos con los vecinos —insistió otra vez la señora.

Carmencita se encaminó hacia la casa de Marilina, llorando. Pensaba adónde podría esconder a su muñeca. Justo al cruzar la verja, se encontró con Juan Manuel. El chico le preguntó:

—¿Por qué lloras, Carmencita?

—Porque tu hermana dice que yo le robé la muñeca y que se la rompí. No es verdad. Yo la encontré en el aljibe. Pero mi mamá no me cree. Y yo la quiero mucho a la muñeca —dijo sollozando.

Juan Manuel sintió un golpecito en el corazón. Un golpecito como de campana. Entonces, dijo con valentía:

—Yo tengo la culpa. Yo le hice pegar un salto en el aire como si fuera una pelota y por eso le despegué el bracito. Después la arrojé a tu terreno para que no me retaran. Se ve que cayó en el aljibe... Mira: todavía guardo en el bolsillo el bracito desprendido. Te lo doy. Y ahora le voy a decir la verdad a mi hermana.

Marilina, que se había acercado a la verja sin ser vista, al escuchar las palabras de Juan Manuel gritó:

—¡Malo! ¡Siempre haciendo barbaridades! Ahora ya sé que Carmencita no me robó la muñeca. Pero igual, yo no la quiero. A mí no me gustan las muñecas rotas. Que se la guarde.

Carmencita sonrió feliz. Apretó la muñeca y también el bracito desprendido y corrió hacia su casa. Le contó todo a su mamá. Y la mamá la ayudó a pegarle el bracito a la muñeca. Y la muñeca aplaudió.

Carmencita es feliz con su muñeca sana. La llama Mojarrita y la cuida mucho como sólo saben hacerlo las mamás que saben querer.

FIESTA PATRIA

Era un día de fiesta patria.

Tocaron las campanas y todas las banderas que flameaban en los edificios echaron a volar por el cielo.

Las campanas, que estaban repicando, también se fueron por el aire, sostenidas por ángeles invisibles.

Los globos del parque subieron al cielo en manojos.

Los paraguas de la gente que iba a la plaza, también echaron a volar, ondulando en el sol.

Los pájaros salieron de las jaulas y se fueron cielo arriba, para cantar junto a los pájaros libres.

Un pintor, que acababa de pintar una paloma, vio que la paloma emprendía vuelo hacia las otras palomas.

Y un músico, que estaba componiendo una canción, vio que los papeles volaban hacia el cielo. Y también las notas musicales subían danzando en rondas.

La señora que estaba tendiendo la ropa del nene en la terraza, vio que los pañales echaban a volar por el cielo azul como alas blancas.

Porque el cielo de la patria estaba de fiesta.

Y todo era fiesta.

EL GALLO REMOLON

-Hoy estoy de huelga -dijo el gallo-. No voy a cantar. ¿Quién me obliga a mí a cantar todos los días?

¡Es aburrido desgastarse en kikirikikí, kikirikikí, apenas despunta el sol!

Y no cantó. Vio el sol, naciendo y avanzando, espléndido, juguetón y él no sabía qué hacer, más que bostezar y rascarse. Las gallinas siguieron durmiendo. Y los pavos también. Y los conejos. Y el muchacho que traía agua a las fuentes.

Los rayos del sol picaban bastante y la dueña de la granja se levantó y dijo:

-El sol ya está alto y el gallo no cantó. ¿Estará enfermo?

Fue al gallinero y vio al gallo dormido. También las gallinas dormían, o se hacían las dormidas, igual que los pavos y los conejos. En cambio, el gato no. El gato ya estaba corriendo a los ratones.

La señora era mamá de un nene, a quien le gustaba tomar un huevito batido con azúcar. La señora fue a buscar el huevo y vio que ninguna gallina había puesto huevos. Pensó, muy preocupada: "Han de estar empachadas. O abichadas, como el gallo. Mejor será no darles de comer. Y si están abichados… habrá que encerrarlos y tal vez matarlos para que no contagien a otros bichos." Y atrancó todo el corral. Y nada de comida: sólo agua.

Al rato, se oyó la fuerte, enojadísima protesta del gallo: "¡Ki Ki Ri Ki Ki Ki Ri Kí!
¡Quiero mi maíz!"

Entonces, las gallinas se pusieron a cacarear, alborotadas: acababan de poner sus huevos y querían comer y salir del corral. Y los pavos agitaban las alas y los conejos pegaban saltos contra las jaulas.

La señora se acercó y les dijo: -¡Ah! ¡De huelga por remolones, no más! ¡Igual que los chicos!

Y a todos les dio de comer y les abrió el corral.

ABUELO DE ORO

54

Rubio es el trigo.
Rubio es el sol.
El sol de oro que nos da el pan.
Y el abuelo
ojos de cielo
pelo de nieve que nos da amor.
Vino en un barco.
Vino de lejos
desde las tierras de ultramar.
Trajo la azada.
Trajo el cantar.
Abrió surcos de nunca acabar.
Hizo el corral.
Hizo la miel.
Levantó el trigo rubio de sol.
Puso frutales.
Puso la vid.
Puso una espiga en tu corazón.

SAN NICOLAS DE BARI

55

Nicolás era un viejito caminador y alegre. Había viajado por todo el mundo hasta que, desde su lejana Asia, se asentó en un pueblito de Italia, cerca de Bari.

Al llegar Navidad y Fin de Año, le dolía que los chicos de las aldeas de montaña, acechadas por los lobos, no recibieran ningún regalo. Y un invierno resolvió recorrer él mismo las aldeas para llevar regalos a los chicos.

Preparó un bolso lleno de regalos humildes, lo cargó sobre su espalda, se colocó un capuchón con cascabel en la punta y se marchó, entre nieve y viento. Camina que camina, encontró un lobo que le cerró el paso.

-Hola, lobo -le dijo-. Déjame pasar. Llevo regalos para los chicos.

El lobo estornudó y lo dejó pasar, saludándolo con la mano. Camina que camina, entre nieve y viento, sintió que alguien lo llamaba:

-¡Ih Oh! ¡Ih Oh!-. Era un burrito.

-Me dijo el lobo que llevas regalos a los chicos -dijo el burrito-. Quiero acompañarte. Carga tu bolso sobre mi lomo. Iremos juntos.

-¡Gracias, amigo! -dijo Nicolás cargando el bolso sobre el burrito. Camina que camina, sintió una voz difusa que susurraba: "Nicolás. Cuelga en mis ramas tus regalos y descansa un poquito. Yo caminaré por ti y seré el Pino de Nochebuena". Nicolás aceptó muy contento y prendió velitas sobre las ramas del árbol nevado.

Camina que camina, vio llegar un trineo conducido por ocho renos de grandes cornamentas, quienes dijeron:

-Nicolás. Queremos llevarte a otros países. Trajimos un trineo que corre y vuela.

Nicolás subió al trineo agitando el cascabel con alegría. Desde entonces, en las fiestas de Navidad y Fin de Año, San Nicolás, o Santa Claus recorren los caminos del planeta en burro, en trineos, en helicópteros, o en avión, para que los chicos sepan que el mundo los quiere.

LA MEDICINA DE LA VACA

56

En el pueblo de Garabato había un muchacho, Eulalio, que se quería casar. Estaba enamorado de una linda pastorcita de ovejas. Entonces la mamá le dijo:

—Hijo: ve a ver a tu novia y dile que me mande un remedio que necesito para sanar la vaca. Es esa lanilla, esa pelusita que se forma debajo de las camas o de otros muebles. Y que me mande un poco de lana hilada para tejer un gorro.

Partió el muchacho a lo de su novia y volvió contento, con una bolsita llena de esa pelusa que se junta debajo de los muebles. Y dijo:

—Madre. Aquí tienes el remedio para la vaca. Lana no traigo porque mi novia dice que no le gusta hilar.

—Esa novia no me gusta —dijo la mamá.

Pasó el tiempo y el muchacho se enamoró de una costurerita muy linda y se quería casar. La mamá le dijo:

—Hijo. Ve a lo de tu novia y pídele un poco de esa pelusa que se junta debajo de las camas, porque tengo la vaquita enferma. Y dile que me mande también unos retacitos de género, de esos que le sobran cuando cose.

Partió el muchacho y volvió con una bolsita llena de remedio para la vaca y dijo:

—Madre. Aquí tienes el remedio para la vaca. Retazos no, porque mi novia dice que es moderna y no guarda los retazos de género.

—Esa novia no me gusta —dijo la madre.

Pasó el tiempo. En Garabato todos se casaban y el muchacho se enamoró de una pastorcita de gansos y se quería casar. La madre le dijo:

—Hijo. Ve a lo de tu novia y dile que me mande un poco de ese remedio para la vaquita. Y también un montoncito de plumas de ganso para un almohadón.

Partió el muchacho y volvió con una bolsita bien llena.

—Madre —dijo—. Mi novia te pide disculpas por no mandarte ni una pelusita para el remedio de la vaca. Dice que ella limpia su casa todos los días. En cambio te manda una bolsa de plumas de ganso que sirven para un lindo almohadón.

—¡Esa novia sí me gusta! —dijo la madre muy contenta—. Sabe guardar las cosas buenas y no junta las cosas malas.

Así fue como Eulalio y Azucena, la pastorcita de gansos, se casaron. Ese día todos los coyuyos de Garabato tocaron música hasta la hora de contar cuentos.

QUIEN COME CALAFATE...

57

Una vez, en la fría Isla Grande, la que hoy se llama "Tierra del Fuego", una gran tribu de indios se trasladó a un lugar muy arbolado para cazar guanacos y ñandúes. Pero el invierno se anticipó y se vieron sorprendidos por una gran nevada. Resolvieron mudarse a tierras menos frías. Pero una viejita, encantada con ese lugar tan lleno de pájaros, quiso quedarse. Le construyeron un toldo junto a un bosquecito. Le apilaron muchísima leña. Le dejaron carne salada y se fueron.

La viejita, al quedar sola, organizó su vida en compañía de chorlos, calandrias y chingolos. Los gorriones ya habían emigrado y los otros pájaros no le tenían miedo. Pero al caer más nieve, se prepararon para emigrar también ellos. La viejita les dijo:

—¿Por qué se van? ¿Cómo me dejan sola?

—Ya no hay comida en ninguna parte —contestaron.

—Si prometen quedarse conmigo —les dijo la viejita— yo les enseñaré cómo conseguir comida, abundante y

riquísima, todo el invierno.

Los pájaros la rodearon, curiosos. La anciana se acercó a un arbusto que en el verano se había embellecido de flores amarillas y arrancó de la planta una baya azul, parecida a un zapallito. La estrujó y salieron unas semillas azulísimas, muy jugosas, parecidas a grosellas. Las aves comieron tantas y tantas semillas que se tiñeron de azul el pico y hasta las plumas. Y se fueron a dormir con la pancita que parecía un bombo, y nunca más quisieron emigrar.

Desde entonces, a los pájaros les encantan las semillas azules del calafate. Y dicen que quienes van a Tierra del Fuego y prueban el calafate, quieren volver allí. Y los chorlitos cuentan que los pájaros llevaron esas semillas a toda la Patagonia.

LA SONRISA DEL PRINCIPE   **58**

Nadie sabía cuándo ni cómo el principito Zadir había dejado de sonreír. Su carita estaba siempre seria. La mamá lo rodeaba de los juguetes más caros del mundo: montones de juguetes. Y le mandaba preparar postres, tortas, bombones, helados y frutas de toda especie. Nada hacía sonreír al príncipe.

El padre llamaba a palacio a bufones, payasos, magos, saltimbanquis y monos malabaristas pero Zadir los miraba indiferente.

Organizaban funciones de títeres, de circo y de música. Celebraban fiestas, cacerías y competencias deportivas y el principito bostezaba.

Un día en que el principito vagaba solo por las laderas de un cerro y no llevaba ropas lujosas, vio ascender por la montaña a una viejita con la espalda cargada por un fardo de leña. Zadir pensó:

"Debe ser muy pesado para ella ese fardo."

—Abuela —le dijo acercándose—. Me encantaría ayudarte a llevar el fardo. ¿Adónde vas?

—Voy a mi casa, en el cerro —contestó la viejita parándose. Y colocó el fardo sobre la espalda del principito. Y los dos fueron subiendo despacio. Llegaron a una humilde casita de piedra y el principito depositó la leña sobre el piso.

—Gracias niño. Te daré un vaso de agua —dijo la viejita—. ¡Eres tan bueno y tan valiente que merecerías ser un príncipe!

El principito sonrió. Había recuperado el secreto de la sonrisa.

MALBRANDO Y LAS OJOTAS

Malbrando, un muchacho muy mentiroso, supo que en la cima de una montaña vivía un duende amarillo, de nariz muy larga, que era dueño de unas ojotas prodigiosas: quienes se las calzaban eran transportados a cualquier parte. El muchacho quería ir en busca de tesoros y pensó en apropiarse de las ojotas mágicas engañando al Duende.

Con un pedazo de cartón muy largo hizo un tubo parecido a un telescopio y subió con él a la cumbre. Allí se colocó el tubo ante los ojos y mirando por todas partes, como a través de una lente, decía con aspavientos:

-¡Qué hermosos castillos! ¡Qué bien se ve el mar! ¡Cuántos barcos! ¡Y cómo vuelan las gaviotas! ¡Oh! ¡Allí aparece la luna!

El Duende de nariz larga creyó que todo eso era verdad.

-¿Qué quieres a cambio de tu lente? -dijo ansioso.

-Es un telescopio mágico -mintió Malbrando-. Y sólo te lo daré a cambio de tus viejas ojotas.

El Duende le entregó las viejas ojotas. Malbrando se las calzó y ¡patapúfete! bajó de la montaña. El Duende se acercó al telescopio y se dio cuenta de que había sido engañado. Se enojó muchísimo, pero nada podía hacer ya porque sus ojotas estaban lejos. Malbrando, calzado con ellas, saltaba de un lugar a otro, en busca de tesoros que no encontraba. Vivía aventuras peligrosas y hacía viajes relámpago vía satélite. Cuando volvía a su casa con las ojotas embarradas y desflecadas, la mamá le preguntaba:

-Hijo: ¿Adónde has estado que tienes las ojotas tan sucias y gastadas? ¿No descansas nunca?

-Trabajo la tierra para usted, madrecita -mentía el mentiroso-. Ando en busca de un buen porvenir.

Y se acercó la fiesta de fin de año. La madre quiso prepararle un regalo y con gran esfuerzo tejió y cosió un par de ojotas de lana y cuero. Y mientras él dormía, arrojó al fuego las viejas ojotas y colocó al pie de la cama las ojotas nuevas. Cuando Malbrando despertó y se enteró de que la madre le había quemado las ojotas mágicas, se desesperó; pero ya nada podía hacer porque él había mentido.

Y cuando calzó las ojotas nuevas, vio aparecer ante sí una nariz larga y amarilla: era el Duende que se reía a carcajadas y que, además, ya tenía otras ojotas mágicas.

EL PERRITO EN LA RUTA

El papá, la mamá, Ignacio, Romina y Orlando volvían en coche de las vacaciones pasadas en Mar de Ajó. A poco de andar, el papá paró el coche a un costado de la ruta para cargar nafta. E Ignacio también bajó. Y de sopetón apareció un perrito sucio y flaquísimo, que se acercó a las piernas de Ignacio haciéndole fiestas. Ignacio lo acarició y le dijo:

-¿Qué haces, cachorro? ¡Qué flaquito estás!

El perrito se le trepó al hombro lamiéndolo y manchándole de barro la campera.

-¡Deja ese perro tan sucio! -lo previno la mamá-. Puede estar enfermo. ¡Puede tener rabia!

Ignacio intentó apartarlo, pero el perrito, con sus saltos y sus miradas, parecía decirle: "¡Llévame contigo!"

El hombre que expendía nafta, les explicó:

Ayer mi monigote
subió solito a un bote.
Por el camino encontró un velero
con un solo marinero.
-¿Adónde vas tan solito
en un bote tan chiquito?
-preguntó el marino solitario
al monigote temerario.
-Me voy a Punta Palos
en busca de regalos:
un barrilete azul para papá;
una estrella de mesa para mamá.
En eso, el remo al agua se cayó
y el pobre monigote naufragó.
Yo corrí para salvarlo,
pero lo hizo el marino solitario.

-¿Qué recogiste de tu viaje?
-le pregunté al monigote
al verlo regresar en su bote.
-Un regalo muy importante:
saber que hay un amigo
en un velero distante.

-¿Saben qué pasa? Cuando la gente vuelve a sus hogares, abandona en la ruta los cachorros que compraron para las vacaciones de sus chicos. Y los pobres bichos andan buscándolos como locos. ¡Están con hambre! Hambre de comida y hambre de cariño.

Ignacio levantó al perrito regalón y le preguntó:

-¿Quién te abandonó, bichito?

El perrito respondió con ladridos y mimos llenos de ansiedad, moviendo la cola.

-Papá -preguntó Ignacio-. ¿Podemos llevarlo con nosotros?

-Te dije que puede estar enfermo -insistió la mamá.

-Pero, mamá -replicó Ignacio-. ¿Y si alguien lo abandonó y está solo?

La mamá y el papá callaron, pensativos. Entonces, se oyó la voz de Romina que le decía a su osito:

-¡Yo nunca te voy a abandonar en la ruta! Y si alguien deja un osito en la ruta, yo lo voy a levantar y lo voy a bañar con champú. Porque yo... ¡soy una persona sensacional!

-¡Yo también! -gritó Orlando en su media lengua.

Todos se pusieron a reír. Entonces la mamá dijo:

-Bueno. Llevamos al perrito. Pero no lo toquen hasta que lo vea un veterinario.

El perrito se acurrucó a los pies de Ignacio, que le dijo al oído: -¿Viste? ¡Yo tengo una familia sensacional!

BENJAMÍN VA POR EL AIRE

El espantapájaros Benjamín se cansó de estar siempre pegado al suelo, tan tieso, con el sombrero y la pipa siempre puestos. Él quería volar. Era muy amigo de los pájaros. Todas las noches, antes de irse a dormir, ellos armaban un gran alboroto contándole las historias de los lugares que visitaban: lagunas, ríos, cerros nevados, ciudades con rascacielos y otras maravillas.

-Y yo, ¿no podría volar y conocer un poco el mundo? -preguntó Benjamín a unos gorriones amigos.

-¡Cómo no! -contestaron varios pájaros-. Podrías viajar en bandadas, con nosotros. Te vamos a sacar de aquí.

Para eso, se juntaron setenta y siete aves, todas muy distintas en tamaño, en color y en picos. Picotearon y escarbaron el terreno en el que el espantapájaros estaba clavado; finalmente, lograron arrancarlo del suelo.

Benjamín trastabilló un poco, estornudó, tiró lejos la pipa y pegó un grito de alegría: ¡sapucay! ¡Podía caminar y correr! Pero él quería volar.

-¡Caramba! ¡Qué problema! -exclamaron los pájaros, pensativos-. No tienes alas. Ni un pedacito de cola.

Llamaron a un pájaro carpintero, un martín pescador, un hornero, una gaviota, un saltamontes y hasta a un cuervo.

Entre todos juntaron las alas y trataron de levantarlo en andas, pero Benjamín se resbalaba de una a otra ave. Llamaron entonces a mil mariposas de largas antenas y a siete libélulas y a siete cigarras guitarreras. Las mariposas formaron una nube de colores para transportar a Benjamín, las libélulas danzaron y las cigarras tocaron música. Pero igual, el colchón de alas no tenía fuerzas para remontar en vuelo a Benjamín.

-Tengo una idea -dijo una cigüeña-. Creo que lo mejor será que nosotros, el cigüeño y yo, lo llevemos a dar una vuelta por el cielo, dentro de un canasto. Hay que tejer una canasta que sea como un globo. Y también unas sogas para sostener la canasta por el aire.

-¡Ya está! Que sea una canasta como la que hace el junjero para su nido -dijo una calandria.

-O como la bolsita colgante que teje el boyerito -dijo un benteveo-. Y el colibrí que teja la soga.

Buscaron entonces a los junjeros de la laguna, a los boyeritos del delta y también a los colibríes y entre todos tejieron una bolsa parecida a una canasta y Benjamín se metió adentro. Luego, con fibras de güembé trenzaron una soga que ataron a la canasta como manija. Y finalmente, el cigüeño y la cigüeña, agarrando la soga con los picos, pudieron levantar a Benjamín por el aire y emprender vuelo. Todos los despidieron agitando pétalos blancos como pañuelos.

Desde el cielo, Benjamín miraba el mundo deslumbrado. Todo era hermoso, increíble, radiante, emocionante. Andar por el aire era una fiesta. Se sentía libélula, cigarra, golondrina. Saludaba a todos los pájaros y también a las avispas y le hacía señas a las luces de los aviones.

-¿Qué tal Benjamín? -le preguntaban los gorriones.

-¡Estupendo! ¡Todo es genial! -gritaba Benjamín con los ojos cuadrados de tanta admiración. De repente -al sentir el sol en la cara- se acordó de algo y dijo:

-¡Por favor! ¡Bajemos ya! ¡Bajemos! ¡Quiero volver a tierra!

-¿Por qué? ¿Qué pasa? -le preguntaron las libélulas y las cigarras que formaban escolta.

-Porque... recién me acuerdo de que ayer nació una flor -dijo Benjamín-. Una flor muy chiquitita y solita. Casi no se ve. Y me necesita para protegerse del sol y del viento. Por favor, bajemos.

Bajaron despacio y con todo el séquito. Benjamín acalorado, salió de la canasta y volvió a su lugar. Estaba feliz porque ya conocía el cielo y además podía caminar y correr. Era libre. Y a la noche, le contó su aventura a la florcita, que no quería dormirse si él no le contaba un cuento.

PAPA NOEL CON LUMBAGO

63

Se acercaba Navidad y todos los chicos esperaban a Papá Noel con sus regalos. Sabían que era un viejito todo vestido de rojo y con una gran barba blanca. Sabían que venía de los países de la nieve, viajando en un trineo conducido por ocho renos. Muchos le habían escrito cartas.

Pero ese año Papá Noel se enfermó de lumbago. Le dolía la cintura. No podía enderezarse y mucho menos sostener sobre la espalda una bolsa cargada de paquetes. Entonces fue a ver a los tres Reyes Magos y les dijo:

-Queridos colegas. Vengo a pedirles un favor. Yo tengo lumbago y no puedo enderezarme. ¿No podrían llevar también mis regalos a los chicos del planeta Tierra?

-Con mucho gusto -dijo Baltasar, el rey Negro-. Pero yo no puedo viajar en trineo porque me resfrío.

-Nuestros camellos no saben cruzar desiertos de nieve -dijo Melchor.

-Además, siempre llegamos diez días después de Navidad -añadió Gaspar acariciándose la barba.

-Yo les pido justamente eso: que adelanten la fecha de su viaje -pidió Papá Noel-. Ubicaríamos los camellos en los trineos. Añadiríamos más tropillas de renos. Así ustedes llegarían la mismísima noche de Navidad... ¡Qué fiesta para los chicos!

-Está bien -aceptaron los tres Reyes Magos que eran bonachones y apresuraron los preparativos de viaje.

Lo más difícil fue ubicar los camellos sobre los trineos. Cargaron los bolsos y luego subieron los tres Reyes Magos, tan envueltos en pieles que parecían osos. Añadieron otras tropillas de renos y... ¡Ale! ¡Ale! por los cerros nevados cantando al son de cascabeles. Para orientarse, contaban con aparatos electrónicos de bolsillo y con auriculares.

Así llegaron puntualmente, la noche de Navidad.

Muy grande fue el alboroto de la gente al verlos. No entendían si era noche de Navidad o de Reyes. Gaspar no paraba de estornudar. Melchor estaba afónico y a Baltasar se le había acalambrado una pierna.

Cuando los chicos supieron que habían adelantado la fecha para cumplir con un pedido de Papá Noel, les ofrecieron té de manzanilla y de peperina. Y también le mandaron una bolsita térmica a Papá Noel para pasarse calorcito por la espalda.

El zorro, intrigado e impaciente, le gritó:

-¿Con quién estás hablando? ¿Quiénes son?

El peludo, metido en la arena hasta el ombligo, le contestó: -¡SSSsss! ¡Quiero cazar unas nutrias metidas aquí abajo! ¡Están discutiendo un asunto importante!

-¿Qué asunto? ¡Ojo, que tengo hambre!

-Quieren atrapar a un zorro colorado que las persigue. Y dicen que quieren matar a todos los zorros...

-¿Ah, sí? ¿Matarme a mí? ¡Ja, ja, ja! -rio el zorro, y pegó el salto, pero sólo recibió un montón de arena contra el hocico. El peludo, con la rapidez del rayo, desapareció en el hoyo que había ido excavando con las patitas. Y Ñurcú se fue, emberrinchado, escupiendo arena de la nariz a los bigotes.

EL IGLU

En un atardecer muy frío, Virginia y Rogelio hacían sus deberes y Luisito jugaba con su mascota Puf Puf. De repente se cortó la luz y el departamento quedó a oscuras.

-¡Mamá! -gritó Luisito asustado.

La mamá acudió al living con una vela encendida y miró por la ventana.

EL ZORRO COLORADO Y EL PELUDO

64

Un día de invierno, Ñurcú, el Zorro Colorado, salió de caza. De repente, sobre el pastizal reseco, distinguió las pisadas de un peludo y pensó: "¡Qué pisadas tan grandes! ¡Ha de ser un cascarudo bien gordo, con la pancita llena de grasa bajo el cascarón!" Olfateó, miró, y vio al peludo que también había salido en busca de comida. Cuando estaba por pegar el salto, el peludo lo vio y enseguida hundió la trompita en la tierra braceando con las patitas mientras los pelitos le temblaban de miedo. El zorro se le fue acercando despacio. El peludo giró la trompita, pegó la oreja al suelo, como si escuchara voces, y refunfuñó:

-¡Un momento! ¡Tengan paciencia! ¡Hay algo importante a la vista! ¡Claro! ¡De aquí no me muevo!

Y siguió escarbando con las patitas, a toda prisa, echando al aire nubecitas de arena, mientras bufaba:

-¡Esperen! ¡No salgan todavía! ¿Qué dicen? ¿Qué quieren?

-Un desperfecto eléctrico en todo el barrio -anunció.

-También la calefacción dejó de funcionar. ¡Hará frío! -observó Rogelio, tiritando un poquito.

-Ya vendrán los técnicos y solucionarán el problema -aseguró la mamá-. Mientras tanto, nos acomodaremos todos en el sofá.

La mamá fue a buscar una manta. Luego, se acomodaron todos juntos en el sofá, muy cerquita de ella. Luisito y su mascota se hicieron un ovillo en el centro del grupo. La mamá los cubrió con la manta. Apagó la vela y dijo:

-Ahora estamos todos juntos en un iglú.

-¿Qué es un iglú? -preguntó Luisito.

- Es la casa de hielo de los esquimales, en el Polo Norte -explicó Rogelio.

-Sí -contó la mamá- es una casa hecha dentro de un bloque de hielo. No tiene ventana. Se entra por una abertura que está a ras del suelo. Adentro se enciende un gran fuego. Además, todos están cubiertos por pieles de foca cosidas por la mamá y duermen metidos en una bolsa de piel de oso. Afuera, en ese desierto de nieve, los lobos aúllan. ¿Oyen? ¡Uhhhhhhhhhhhhhhhuhhh! ¡Cómo aúllan! Pero no se acercan a nuestro iglú. Echados ante la puerta están nuestros perros guardianes.

-¿Y el papá? -preguntó Virginia.

-El papá salió temprano, junto con otros hombres. Se marcharon en un trineo muy largo conducido por una tropilla de perros. Fueron a las costas para excavar un boquete sobre el hielo y así pescar. Pronto llegarán y nos traerán unos pescados riquísimos...

-¡Pero congelados! -acotó Rogelio.

De pronto volvió la luz. Luisito se restregó los ojos y suspiró:

-¡Qué lástima que haya vuelto la luz! ¡Estábamos tan bien en el iglú!

LOS DUENDES DE LAS FRUTILLAS

66

La mamá compró una bandeja de frutillas para comerlas después del almuerzo. Las lavó y las guardó en la heladera. Vanessa entró a la cocina, abrió la heladera y comió una frutilla. ¡Qué rica! ¡Otra! ¡Otra! Todas riquísimas. Y se fue a jugar. Al rato, sintió deseos de comer más frutillas. Volvió a la coci-

na y sacó un manojo de frutillas y las tragó todas juntas. Otro manojo también. Al final, casi no dejó frutillas en la bandeja.

La mamá, al preparar la mesa, descubrió la falta de frutillas y comentó:

-Vanessa. ¡No me digas que comiste todas estas frutillas! ¡Pueden hacerte daño!

-No, mamá. Yo no comí ninguna frutilla. Juro.

-¿Y por qué tienes los labios manchados de colorado?

-Porque comí una. ¡Una solita! Las otras que faltan las comieron los duendes verdes del jardín. Yo los vi meterse en la heladera. Cuando me vieron, escaparon.

-Yo no creo en duendes que se meten en la heladera y se atragantan de frutillas. ¡No hay duendes tan tontos!

-Cantaban y bailaban también -inventó Vanessa.

-Si los ves, diles que no sean mentirosos ni tragones.

-Si los veo en el jardín, ¡los voy a retar!

Poco después, Vanessa lloraba. Le dolía la pancita.

-¿Qué te pasa? -le preguntó la mamá.

-Me duele aquí. Y aquí... Tengo retortijones...

-No es nada -dijo la mamá-. Han de ser los duendes verdes que cantan y bailan.

-¡Mamá! -protestó Vanessa- ¡yo no creo en duendes que se meten en la pancita! ¡No hay duendes tan tontos! Fui yo, yo quien comió las frutillas...

La mamá le dio un remedio. Y Vanessa preguntó:

-¿Es un remedio para no ser más tragones o para no ser más mentirosos?

EL ANGELITO NEGRO

-¡Hola Javier! ¿Te animas a subir?

-¡Hola campeón! -lo saludó Javier y tomando al ángel negro por debajo de las alas, subió a la patineta y los dos se fueron a jugar al parque.

LOS MAS CHIQUITOS

En la selva había muchísimos monos, grandes y chicos. Caí-Caí era preciosa, de pelo rojizo, pero era la más chiquita de las monitas caí, que son los monos más pequeños del mundo.

-¡Parezco una hormiga! ¡Nunca seré modelo de televisión! -dijo un día de primavera Caí-Caí-. Nunca encontraré novio y siempre seré el último orejón del tarro.

Buscó su cepillo de dientes y su maleta y se fue de viaje. Camina que camina, se encontró con un bicho muy raro, del tamaño de un conejo, pero con cuernitos.

-Y tú ¿qué bicho eres? -le preguntó sorprendida-. ¿Un osito hormiguero?

-¡Nooo! Soy el Pudú-Pudú, el ciervo más pequeño que existe en el mundo. Me dicen venadito. Me voy en busca de un país donde no existan ciervos gigantes. No quiero ser el último orejón del tarro.

-¡Lo mismo pienso yo! -dijo Caí-Caí bufando.

Javier quería un angelito negro con rulitos negros y las alas bien negritas. En su casa había angelitos blancos, rubios, dorados. Y él quería ser amigo de un angelito negro. Para su cumpleaños, la mamá lo llevó a un enorme negocio de juguetes y dijo:

-Mi hijo quiere un angelito negro.

-No hay angelitos negros -afirmó el vendedor.

-¡No puede ser! -protestó la señora-. Dios hizo también ángeles negros. Busque, por favor.

-¡Jamás he visto angelitos negros! -insistió el vendedor.

-Nadie fabrica angelitos negros -aseguró el dueño del negocio acercándose-. ¡No van a encontrar angelitos negros ni en Africa! Confórmense con uno blanco. Hay muchísimos y muy lindos para elegir.

-No -dijo Javier muy serio- yo quiero un angelito negro.

Salieron del negocio. Javier estaba enojado.

-¡Sí que hay angelitos negros! -porfió otra vez.

-Parece que no lo encontramos- replicó la mamá.

De repente oyeron un silbido, como el silbido de un pájaro, y un gran estrépito en la vereda: era un angelito negro que avanzaba hacia ellos, montado en patineta y con las alas abiertas. El angelito negro se acercó a Javier y le dijo:

-¿Y a qué familia perteneces?

-Soy una monita caí, que son las monas más chicas que andan por el planeta. ¡Y quiero ir a un país donde los monos no sean unos gigantes! ¡No quiero usar tacos altos!

Mientras decía eso, oyeron un canto delicioso, jamás oído. Miraron hacia arriba y vieron algo alado, soleado, hermosísimo. Un plumoncito que aleteaba entre las ramas como un arco iris muy pequeño.

-¿Cómo puede cantar esa mosca gigante? -se preguntaron entre sí Caí-Caí y Pudú-Pudú.

-¡No soy una mosca! ¡Soy el colibrí o el picaflor! -contestó el pajarito de mil colores-. ¡Soy el más pequeño de todos los pájaros del mundo!

-¿Y qué haces? ¿Por qué cantas tanto?

-¡Oh! ¡Soy feliz! -trinó el colibrí-. ¡Es primavera! Y preparo el nido para mis pichones. Es el nido más pequeño que se conoce. Muy pronto mi compañerita pondrá en él los huevitos más chiquitos que ustedes puedan imaginar. ¡Hasta la vista! -dijo. Y cantó:

"¡Chillí, Chillí! ¡Yo soy el colibrí!"

Entonces, la monita Caí-Caí y el ciervito Pudú-Pudú sintieron que también era bueno ser chiquitos.

-¡Es lindo tener tamaño pequeño! ¡Se puede cantar, correr y jugar! -exlamó Pudú-Pudú.

-¡Y se puede hacer nidos y tener hijitos preciosos! -dijo Caí-Caí-. ¡Adiós, Pudú-Pudú! ¡Yo vuelvo a la selva en busca de un novio bien chiquirrito!

-¡Adiós, Caí-Caí! -dijo Pudú-Pudú-. ¡Yo vuelvo a los bosques a buscar novia para cuando lleguen los juegos de cuernitos!

Y cada cual inventó una canción a su manera.

¡HOP, HOP! CABALLITO BLANCO

Al viejo barrio de Enrique llegó una calesita nueva. Todos los chicos acudieron a verla. Todos querían ocupar los asientos para pilotos, porque la calesita nueva lucía coches de carrera, aviones, helicópteros, lanchas, platos voladores y hasta naves espaciales.

Había también un caballito blanco, con larga cola que se columpiaba como si galopara, pero nadie montaba en él. Solamente los muy chiquitos, sostenidos por el papá. Todos querían los asientos para pilotos.

Desde el suelo, Enrique miraba el caballito, dando vueltas y vueltas, siempre solito y vio en sus ojos un poco de tristeza. ¿Era una lágrima? Miró mejor. El caballito le guiñaba un ojo.

Entonces Enrique subió a la calesita y montó enseguida sobre el caballito blanco.

La calesita comenzó a girar y Enrique, con las riendas en las manos y los pies en los estribos, galopaba muy feliz. ¡Hop! ¡Hop! ¡Hop!

El caballito blanco relinchó y saltó la valla. Cruzó la plaza y se metió por un camino arbolado. Cada vez más ligero, cada vez más lejos, cruzaban campos, praderas, ríos.

-¡Más despacio, caballito, que andamos por caminos rocosos, entre montañas! Y también cruzamos desiertos. ¡Y alcanzamos el mar!

Todas las tardes, Enrique corre a la calesita, monta sobre el caballito blanco y se convierte en un jinete. O en un vaquero. O en un gaucho de la pampa...

El caballito blanco lo acompaña en todas las aventuras. Cuando la calesita se detiene, Enrique se despide de su compañero con una larga caricia.

EL MOTOCICLISTA

70

Churrinche quería ser corredor de moto. Quería salir a la ruta con casco de motociclista y patineta. La mamá, mientras atendía a los más chicos, le repetía:

—¡Los perritos no salen a la calle en patineta! ¡Y menos con un casco de motociclista!

Churrinche no le hizo caso. Se colocó sobre la cabeza un canastito vacío, cuya tapa parecía una visera. Tomó la patineta con un pie y, en un descuido de la mamá, salió a la calle. Tropezaba con todo, porque la patineta se le escapaba y el canasto le molestaba los ojos. ¡Pero era lindo sentirse motociclista! Y comenzó a correr y a silbar con ruido de motor.

En la esquina, apareció el gato del almacén, que, al verlo disfrazado de ese modo, se puso a reír tanto que le lagrimeaba la nariz y se agarraba la pancita con las manos. Los escolares que salían del colegio se paraban a mirar qué pasaba. Y también ellos, se atoraban de la risa.

Churrinche, enfurecido, se trenzó en pelea con el gato. El perro era más fuerte, pero con una pata en la patineta, resbalaba a todas partes. Y el gato, en rápidos manotazos, le caló el canasto hasta las orejas. Churrinche quedó con el casco encajado hasta el cuello.

No veía nada. La patineta chocó contra un cajón de sandías. Ladraba y manoteaba enloquecido; pero

más tocaba el canasto y más el canasto se le hundía en la cabeza. Daba volteretas, pero siempre en el mismo lugar, ladrando como bocina descompuesta. Todos reían porque nadie había visto jamás un perro con la cabeza enfundada en un canasto. Llegó un policía y cuando estaba por llevar a Churrinche a la perrera, se acercó una buena vecina, doña Eustaquia, quien aclaró:

—Yo lo conozco. Es un cachorro muy travieso, pero algún día aprenderá y será motociclista. Ahora, démelo que lo llevaré a lo de su mamá.

Y lo llevó a su casa. La mamá tuvo que cortarle el canasto con unas tijeras enormes. Luego, le curó las raspaduras con curitas y el susto con mimos y retos y retos con mimos.

CUANDO LOS PAPAS EMPOLLAN

71

Un ñandú, que es uno de los mejores papás del mundo y un esposo muy compañero, un día estaba empollando los huevos de los que nacerían sus pichones. Y tenía las alas bien desplegadas para que el sol no los dañara.

Su compañera había salido a dar unas vueltas para mover un poco las patas y, al mismo tiempo, inspeccionar el terreno en el que jugarían sus pichones al salir del cascarón.

Pasaron por ahí unos guanacos que venían de otro lugar y nunca habían visto un ñandú empollando. Al ver al copetudo y gran corredor empollando como si fuera una hembrita, les dio mucha risa y empezaron a hacer señitas y a decir cosas que no se dicen, por lo feas que son.

Ellos no sabían que los ñandúes, los chajáes y los teros, que son muy buenos avisadores de peligros, de vez en cuando también empollan. Los guanacos, al ver que el ñandú no decía nada, se envalentonaron y le gritaron:

-¡Gallina! ¡Gallina!

El ñandú no respondió nada. Se hizo el desentendido. Pero cuando un guanaco jovencito se le acercó, el ñandú, con increíble fuerza y rapidez, estiró la pata y de un solo golpe lo hizo trastabillar y caer al suelo. Y se irguió, abriendo un gran pico, dispuesto a atacar a cualquiera que se atreviese a acercarse al nido.

Todos los guanacos salieron disparando, ligeritos.

-¡Vaya si es bravo el ñandú! -dijeron-. ¡Parecía tan mansito empollando!

Los guanacos no sabían que un papá puede ser tan cuidadoso como la mamá y tan valiente como el más valiente de los valientes.

EL ARBOL AZUL

Lejos y hace añares, existía un país donde crecía un árbol de hojas azules tan hermosas que parecían flores. Era una maravilla. Las mariposas rodeaban su copa tejiendo una nube de oro y los pájaros lo alegraban con sus colores. Y con sus trinos. Todos se encantaban ante el árbol azul. Desde muy lejos, llegaban peregrinos para admirarlo.

Muchos pueblos vecinos sintieron envidia. Ellos también querían poseer un árbol azul. Y una noche unos cuantos enemigos llegaron sigilosamente hasta el árbol. Lo arrancaron de raíz y lo llevaron a otro país, muy lejos. Lo plantaron en la tierra. Lo regaron. Le colocaron abonos. Le construyeron un cerco de estacas todo alrededor. Y luego un alto paredón para protegerlo de los fuertes vientos y para que nadie se atreviera a tocarlo, ni un yuyito.

Lejos de su terruño, de los pájaros y de las mariposas, lejos de las plantas amigas y conversadoras y del yuyo que se mete por todas partes, el árbol azul se fue poniendo pálido, triste. Ya no era ni azul ni brillante y ya nadie se molestaba en ir a verlo. Y así, ese árbol famoso por su belleza y por su color, fue abandonado. A su alrededor, creció la maleza. Y una tarde lo abatieron para hacer leña.

Una mañana pasó por ahí Julián y le dio mucha pena ver el árbol caído. El abuelo le había contado la historia de ese árbol fabuloso. El niño vio que desde el tronco, seco y tronchado, sobresalía un gajito. Lo recogió como un recuerdo y lo llevó a su casa. Lo plantó en una maceta y le dijo:

-No tengas miedo, gajito. Yo te cuidaré y te regaré todos los días. Y cuando crezcas te llevaré al jardín. No me importa que no seas de color azul. Me basta que crezcas sanito. Así mi abuelo te contará la historia de cuando tu... abuelo árbol lucía una copa toda azul... Una copa tan linda a la que las mariposas y los pájaros acudían como a una fiesta...

La plantita fue creciendo. A los pocos meses, Julián excavó un hoyo en el jardín y la colocó entre otras plantas. Todos los días iba a hablarle del árbol azul del cual descendía.

Una mañana de primavera, Julián sintió un gran alboroto en el cielo y vio acercarse por el aire una nube de mariposas. Llegaban acompañadas por los trinos de bandadas de colibríes y ruiseñores.

Miró hacia el jardín y vio que su arbolito estaba cubierto por hemosísimas hojas de color azul.

EL MONITO IMITADOR

73

En un colectivo viajaban muchísimos monos y también los monitos que regresaban del colegio.

En una de las paradas ascendió una señora monita con la pancita muy gorda. Y se quedó de pie porque todos los asientos estaban ocupados y los monos se hacían los distraídos.

El monito Chiribí, muy sentadito, pensó: "Esta señora lleva un bebe en la pancita. Viajará mucho más cómoda si viaja sentada". Se levantó y le hizo señas a la señora embarazada para que ocupara el asiento de él.

-¡Gracias, hijito! -dijo sentándose la futura mamá monita-. Eres muy valiente al no hacerte el distraído. Y tienes buen corazón.

Le acarició la cabecita y buscó en su cartera unos caramelos y se los dio. El monito se puso colorado de alegría. Le contaría a su mamá eso tan lindo que le había pasado. Y su mamá se sentiría orgullosa de él.

El monito Bam Bin, sentado atrás, que vio todo eso pensó: "Yo voy a hacer lo mismo cuando suba alguien importante. Así me dirán piropos y me regalarán caramelos y tal vez monedas."

Subió al colectivo un mono grandote y muy peripuesto, con portafolios, y el monito Bam Bin se levantó de su asiento como bólido y le dijo en voz alta:

-Siéntese señor. ¡Póngase cómodo! Yo me quedaré parado. Yo soy valiente. No me hago el distraído y tengo buen corazón.

Todos se pusieron a reír.

-Quédate tranquilo, cachorro. Y calladito -le aconsejó el mono muy peripuesto y apoyando su fuerte mano sobre el hombro de Bam Bin, lo obligó a sentarse otra vez..., pero en el suelo, porque el colectivo acababa de dar un barquinazo.

GATO CON GUANTES

74

Dindin era un gato muy coqueto y engreído. Le gustaba lucir el pelo lustroso, los bigotes bien planchaditos y en el cuello una cinta con cascabel y así presumirles a las gatitas. Y soñaba con tener también botitas blancas y guantes blancos para los días de fiesta. Y se le ocurrió pedírselos por carta a los reyes magos de los gatos. La mamá le dijo:

-Dindin: ¡gato con guantes no caza ratones!

Pero a Dindin no le interesaba cazar ratones porque él vivía a cuerpo de rey, siempre bien alimentado y acicalado. Tanto insistió con las botitas y con los guantes blancos que, finalmente, los reyes magos se los trajeron. Dindin se calzó las botitas, se relamió de gusto ante el espejo, sudó a mares para calzarse los guantes y al fin subió a la terraza. De ahí pasó a las azoteas. Y paseaba por las cornisas meneándose, pavoneándose, con volteretas y pasos de baile, encantado de la admiración con que lo miraban las gatitas. Pero los otros gatos, los del barrio, al ver al engreído tan agrandado, se pusieron a reír a carcajadas, y a burlarse imitándolo. Y le maullaban cosas feas.

Dindin se enfureció y quiso saltar sobre el más

atrevido para arañarlo. Pero resbaló a lo largo de unas tejas y, como llevaba guantes, no pudo agarrarse con las uñas de ninguna parte. Y siguió resbalando de teja en teja, hasta que rodó a una canaleta. Y manoteaba y pateaba como un sapo, pero no pudo parar la caída porque las botitas lo hacían deslizarse por la canaleta como por un tobogán.

Y rodó y rodó hacia abajo hasta que, por suerte, cayó de cola, sobre un enorme tacho de desperdicios. Desde adentro del tacho, apareció un ratoncito que le guiñó el ojo y le dijo: "Gato con guantes..."

LA CANCION DE LAS RUEDAS 75

Peina que te peina
en su carroza va la reina.
En el carro va el carrero
y en carreta el chacarero.
En carricoche el abuelo,
en carretilla el chicuelo.
A medianoche en carruaje
Cenicienta apura el viaje.
El circo va en carromato
con estruendo y garabato.
Yo que soy el Mono Bel
yo me voy... en carretel.

EL GLOBO Y LA ESTATUA 76

Era un día de fiesta. El sol estaba de cumpleaños porque brillaba como nunca. Flavio corría por el parque de la ciudad con un globo azul en la mano. El globo se entusiasmó con el verde y con el sol y escapó de la mano del niño. Y ascendió hacia el aire, hasta alcanzar una lomita en la que había un mástil rematado por la estatua de una muchacha soltando una paloma. El globo esquivó los árboles y se acercó a la muchacha, tal vez para besarla o para jugar con la paloma. Y el hilo quedó enganchado a los dedos de la blanca estatua.

Flavio se enojó pero enseguida vio que la muchacha le sonreía, muy contenta con el regalo.

-¿Por qué pusieron allí esa estatua? -dijo Flavio.

-Para que todos admiremos la hermosura -contestó el papá.

-Pero se quedó con mi globo.

-Por algo será... Nunca pasó eso.

Flavio miró mejor a la hermosa muchacha que seguía sonriéndole y diciéndole cosas que sólo él oía. Entonces, quiso que el papá les sacara una foto a la muchacha con el globo y a él trepado al mástil.

Todos los días Flavio iba a ver la estatua que se había quedado con su globo y se sentía orgulloso porque todos miraban hacia arriba y sonreían.

Una tarde, una tormenta desprendió el hilo de la mano de la muchacha y el globo se desinfló.

Al día siguiente, Flavio fue a decirle: -El globo se desinfló, pero nosotros seguimos siendo amigos.

LAS FOGATAS DEL CIELO

Cuando América era todavía niña, en la selva chaqueña vivía un indio tan bueno y tan valiente que su tribu lo eligió cacique. Se llamaba Nechinic.

Todas las noches Nechinic miraba el cielo y al ver la luminosa Vía Láctea pensaba que en ese ancho camino tan tupido de estrellas debía haber muchísimas fogatas, llenas de chispas. ¡Montones de chispas!

¿Cómo alcanzar esas fogatas y traer a la selva las chispas para que su esposa Tacuarée y todos los indios pudieran encender el fuego?

-Quiero alcanzar esas fogatas y traer a mis indios las chispas del fuego -repetía Nechinic-. Pero, ¿cómo ascender hacia el cielo? Un día salió de viaje en busca de ese camino. Pasó por montes y esteros y llegó al río de aguas rojas. Allí construyó una canoa y se dejó llevar por las aguas río abajo, hasta encontrarse con el enorme río Paraná. Siguió viaje. Río abajo… De noche, miraba incansablemente ese camino tupido de fogatas que se volvía cada vez más lejano. Finalmente, se encontró ante el mar. Pero de tanto escudriñar con la vista el camino de las fogatas, sus ojos se nublaron.

Y ya no pudo seguir andando. Ciego y hambriento, intentó remontar el río para volver a su tierra.

En su tribu, ya nadie se acordaba de él. Sólo Tacuarée, su esposa, seguía esperándolo. Un día, ella tomó a su niño de la mano y los dos salieron en busca de Nechinic. Caminaron largós meses, siempre a orillas de los ríos y por fin lo encontraron, caído y harapiento. Se abrazaron, Nechinic lloró. Y lloró también Tacuarée.

Al día siguiente, el niño vio que en el lugar donde habían caído las lágrimas de sus padres, había aparecido un nuevo árbol, de tronco fuerte, pero de hojas pequeñas, puntiagudas, de un verde ceniciento. Nechinic, como no podía ver, tomó las hojitas entre sus dedos y las frotó. Vio surgir una chispa y gritó:

-¡Tacuarée! ¡Ya tenemos lo que tanto busqué!

Y sus ojos pudieron ver las llamas.

En la selva chaqueña había nacido Nechinic, el árbol del fuego, una rareza de América. Frotando sus hojas, salen chispas.

PERIODISTA Y FOTOGRAFO

Raniero quería ser periodista. Periodista y fotógrafo. Quería recorrer el mundo y sacar fotos sensacionales. Un día, los chicos del periódico escolar de su colegio, le pidieron que escribiera una nota sobre "Un viaje maravilloso".

Raniero, pensando en la nota, se fue a la playa, se tumbó en la arena, cerró los ojos y soñó. Soñó que él debía viajar como reportero al fondo del mar. Debía descender con traje de buzo y con cámara especial para fotos submarinas.

En el momento de descender, vio sobre las aguas un delfín que, para llamar su atención, daba unos saltos espectaculares.

-Me gustaría sacarte unas fotos -le dijo-. ¡Eres fantástico! Pero estoy apurado. Tengo que descender al fondo del mar.

-Te acompaño. Cuando te canses de nadar, puedes montar sobre mi lomo -contestó el delfín con pequeños chillidos-. Yo también a veces bajo al fondo del mar. Me encantan las caracolas, la flora submarina y descubrir los barcos hundidos…

-¿Qué barcos? -preguntó Raniero.

-¡Los barcos hundidos hace siglos por los piratas!

-¡Fantástico! ¡Acompáñame! -dijo Raniero. Y los dos descendieron al fondo del mar. Fue una travesía llena de sorpresas.

Caminando, caminando,
encontré un caracol y le pregunté:
   -¿En qué estás pensando?
   -¿Nací primero yo o mi caparazón? -dijo el caracol.
   -¡Oh, oh, oh! -canté-. ¡No lo puedo saber yo!
Caminando, caminando,
encontré una gaviota y le pregunté:
   -¿En qué estás pensando?
   -¿Nací primero yo o el huevo? -dijo la gaviota.
   -¡Oh, oh, oh! -reí-. ¡No lo puedo saber yo!
Caminando, caminando,
encontré una mariposa y le pregunté:
   -¿En qué estás pensando?
   -¿Nací primero yo o la oruga? -dijo la mariposa.
   -¡Oh, oh, oh! -canté-. ¡No lo puedo saber yo!
Caminando, caminando,
encontré una flor y le pregunté:
   -¿En qué estás pensando?
   -¿Nací primero yo o la semilla? -dijo la flor.
   -¡Oh, oh, oh! -reí-. ¡No lo puedo saber yo!
   -¡Oh, oh, oh! Yo soy un nene. Y una sola cosa sé:
   -¡Yo nací después que usted!

El fondo del mar era deslumbrante. Los colores del agua, de las plantas y de los peces, llamaban la atención de Raniero, pero el delfín lo guió hacia el casco de una nave hundida. Raniero vio los mástiles, los remos y los cofres llenos de tesoros. Y sacó unas fotos emocionantes. Pero el delfín, tocándole el hombro lo llevó hacia otro lugar y Raniero pudo ver una enorme ballena azul que nadaba de espalda para amamantar a su ballenato. Rápidamente, y con la ayuda del delfín, Raniero sacó unas fotos jamás vistas. Finalmente, volvieron a la superficie y se despidieron con dos besos en las mejillas. Raniero despertó con la nariz mojada por los besos del delfín. Se sintió desilusionado: su viaje no había sido más que un sueño. Sin embargo, en su mente guardaba imágenes muy vivas y en colores de su aventura.

Enseguida escribió la nota y la llevó al colegio. La maestra y los chicos lo felicitaron, entusiasmados, y dijeron: "Qué pena no tener fotos para ilustrar el viaje."

Al día siguiente, el cartero trajo una carta muy abultada para Raniero. Al abrirla, Raniero encontró todas las fotos sacadas por él en su viaje. Y una esquela aguamar que decía: "Fue hermoso descender contigo al fondo del mar. Aquí te mando las fotos que sacaste. Algunas salieron un poco veladas. Te quiere y te extraña tu amigo el delfín."

de los más chicos: les buscaban bichitos para comer y les enseñaban a volar... De repente llegó un búho cazador. Entonces, los hermanos mayores se reunieron y todos juntos echaron al búho a picotazos para que aprendiera a no meterse con las currucas, porque los hermanos mayores son como papás y mamás de los más chicos.

Daniel se durmió feliz, abrazado de Adrián, pero antes le dijo:

—¡Yo te quiero mucho, mucho, curruquito!

EL JARDIN DE ARENA

En Kioto, la ciudad más hermosa del Japón, todos amaban los jardines. El jardín del palacio imperial era una maravilla. Los niños de Kioto estaban orgullosos de sus jardines. Allí remontaban sus barriletes y sus globos.

Pero había también niños que vivían en barrios pobres, a orillas de los ríos, entre los barcos de los pescadores y que no poseían ni un puñado de tierra. Allí vivía también Soami, un niño que soñaba con ser un gran jardinero. Pero sus padres no poseían lugar ni para una plantita.

Soami miraba a su alrededor y solo veía arena y piedras. Y pensaba en cómo convertir la arena y la

LOS HERMANOS MAYORES

—Adrián, cuida a tu hermanito —dijeron los padres antes de salir. Adrián acercó la camita de su hermano a la de él y cuando vio que dormía, prendió el televisor. Pasaban una serie de aventuras con ladrones y policías, muchos tiros, bombas, ametralladoras, golpes, choques, incendios, ulular de sirenas, desmoronamientos.

Adrián miraba con la piel de gallina, pero eso le atraía. Daniel, en su camita, se sobresaltaba a cada tiro, hasta que se despertó. Vio gente peleando a gritos y se echó a llorar desesperado, llamando a su mamá. Adrián trató de calmarlo. Apagó el televisor, le dio agüita, lo acarició, pero Daniel seguía asustado. Adrián se acostó al lado del hermanito y le dijo:

—Vamos a estar juntos, como en un nido de currucas.

—¿Qué son las currucas? —preguntó Daniel.

—Son unas aves muy lindas y que cantan muy bien. Viven en los desiertos y las familias son muy unidas entre sí y se ayudan en todo. Cuando los padres salen, son los hermanos mayores quienes cuidan de los chiquitos. Los limpian, les dan de comer, les enseñan a volar. Y les alisan las plumitas... Así...

—¿Y les cuentan cuentos? —preguntó Daniel.

—También. Yo te voy a contar un cuento que pasó en el país de las currucas. Una vez un papá y una mamá currucas salieron en busca de materiales para agrandar el nido. Los hermanitos mayores cuidaban

56

piedra en un jardín encantado. Y se puso a trabajar. Poco a poco, construyó una ciudad fantástica, toda de arena, con grandes rocas, con piedras, con piedritas de colores, con guijarros, montañitas, caminitos de grava, cascadas, riachuelos, estanques e islas. De noche, a la luz de la luna, su jardín de arena y piedras brillaba como un paisaje de cuento. Llegaron las aves que construyeron allí sus nidos y crecieron algas y plantas acuáticas.

Un día, el Emperador debía cruzar la costa con su caballería y todo su séquito. Cuando los caballeros de avanzada se toparon con el jardín de arena y piedras, se detuvieron. Esperaban la orden para arrasar con toda esa fantasia. Pero el Emperador vio ese algo nuevo, ese juego hecho con piedras y arena y quedó maravillado. Quiso conocer al pequeño inventor y le dijo:

-Ven a mi palacio. Allí podrás construir un jardín con las plantas y las flores más bellas que quieras cultivar.

-Gracias, Majestad- respondió Soami con una reverencia-. Me encantan las plantas. Pero se pueden crear jardines hermosos con las piedras y también con la arena. Y con el agua.

-Tú descubres la belleza en todas partes porque eres un artista -dijo el Emperador-. Ven a palacio. Inventarás el jardín que quieras inventar.

Así fue como Soami construyó el jardín de arena de Kioto, una de las grandes maravillas del mundo.

CACHETE QUIERE UN AMIGO

82

La mamá, el papá y Mariano entraron a una juguetería. Se acercaba el cumpleaños de Mariano y los papás lo llevaron al negocio para que él mismo eligiera el regalo.

-Quiero un revólver con cartuchera -dijo Mariano.

-Ya te he dicho que no me gusta que lleves armas- le recordó su mamá-. ¡No vas a ser un pistolero! ¡Elige otro juguete! ¡Mira qué linda flauta dulce!

-Mira qué divertido este juego de ping pong -sugirió el papá-. O este casco de buzo...

Marianito miró los juguetes expuestos. Vio un payaso. Pero vio también una escopeta y dijo señalándola: -¡Quiero esa escopeta!

-¡Mira qué precioso el osito panda que corre en triciclo! -le propuso la vendedora.

-¡Quiero esa escopeta! -gritó Mariano enojado.

-¡Vamos! ¡No seas caprichoso! -lo retó el papá.

Entonces Marianito se tiró al suelo y se puso a protestar llorando y golpeando el piso con los pies y con los puños.

El papá y la mamá, avergonzados ante el papelón que hacía Mariano, lo conformaron diciendo:

-Está bien, compraremos la escopeta.

Justo en el momento en que la mamá le secaba las lágrimas, Marianito vio que el payaso de largas piernas, colgado en la pared, también tenía lágrimas en los ojos.

Se acercó a los oídos de la mamá y le preguntó en voz baja:

-¿Por qué ese payaso me está mirando todo el tiempo y con los ojos tristes?

-Es cierto -dijo la mamá-. Tiene los ojos tristes.

-¿Por qué? -volvió a preguntar Marianito.

-Será porque necesita un amigo. A lo mejor, cuando te vio entrar, se hizo la ilusión de que lo llevarías contigo y ahora está triste.

-¿Por qué? ¡Si yo lo voy a llevar conmigo!

-No podemos comprar dos juguetes -le recordó la mamá.

-No. Llevamos uno solito. Llevamos a Cachete.

-¿Qué Cachete? -le preguntó el papá.

-¡Ese! -dijo Mariano señalando el payaso con el dedo-. ¿No ves que él me dijo que se llama Cachete?

Y enseguida lo apretó contra el pecho.

LA RUKA DE ORO

Cuentan los indios mapuches que hace millones de lunas en un lugar de la cordillera llamado "Tierra de las gaviotas", vivía un gran Pillán que era el rey del fuego, del trueno y del relámpago.

Este Pillán se enamoró de Ñañay, hija del Gran Peñasco, el rey de las Montañas. Pillán quería construir para ella una casa -o ruka- toda de oro: piso de oro, paredes de oro, techo de oro. Y mandó a todos sus mensajeros en busca del preciado metal. Pero todos volvieron con las manos vacías. Entonces, el mismo Pillán salió en busca de oro. Cuando pasó frente al Gran Peñasco y vio a Ñañay tejiendo al lado de su mamá, a la sombra de una araucaria, saludó y luego dijo:

-Gran Peñasco: salgo en busca de oro para construir una casa resplandeciente y vivir en ella con tu hija Ñañay. Quiero guardar bajo tierra la ruka más preciosa del mundo.

-Debajo de los pies de mi esposa y de mi hija, hay todo el oro que quieras -dijo el Gran Peñasco-. Puedes sacar todo el metal que encuentres entre mis rocas.

-Gracias, Gran Peñasco. Te recompensaré -dijo el Pillán. Y mandó sacar gran cantidad de oro encerrado en las profundidades del cerro. Luego hizo construir una ruka de oro: era un pequeño palacio subterráneo. Entonces, se presentó ante Ñañay. La niña estaba tejiendo a los pies de la hermosa araucaria, el árbol sagrado de los mapuches.

-Ñañay, hice una ruka toda de oro para que tú seas mi esposa -dijo el rey del fuego.

-Pillán -respondió Ñañay-, yo no puedo vivir lejos de mis cerros y de las araucarias. Y no quiero vivir prisionera de paredes, aunque sean de oro... Guarda esa casa para ti.

El Pillán se puso muy triste. Luego recordó que había prometido recompensar al Peñasco. ¿Con qué? Sólo podía compensarlo con un oro mucho más valioso. Entonces hizo nacer a los pies de la araucaria unas plantitas de hojas trepadoras, acartuchadas como orejitas de ratón.

Rápidamente, las plantitas se esparcieron por todo el cerro. Al llegar la primavera y a pesar de la nieve, las orejitas de ratón se cubrieron de minúsculas flores color oro, parecidas a violetas.

Los cerros se pusieron totalmente amarillos, como bañados por cascadas de oro y sol. Entre las flores que no temían al frío, Ñañay bailaba feliz. Pronto corrió hacia el Pillán y le dijo:

-Me casaré contigo Pillán, porque me has dado la ruka más hermosa del mundo.

Así fue como la orejita de ratón, o violeta de oro, florece bajo la nieve y adorna de aros y de collares a las araucarias que empenachan los cerros del país de las gaviotas.

MUDANZA A OTRO PLANETA

La perra negra Perinola, el perrito Meterete y el gato Michingo, que vivían en una casa con cinco chicos y dos azoteas, se cansaron de las jugarretas y monerías que le hacían sus dueños y dijeron:

-¿Qué les parece si nos mudamos a otro planeta?

-¿Y cómo? -preguntó el zorzal, harto de que lo atronaran con la T.V. para asustarlo.

-¡Por vía satélite! -dijo el gato-. Podríamos buscar un planeta con chicos menos molestos. ¡O un planeta sin chicos! Así dormiríamos la siesta.

Y ahí no más, aprovechando un rayo láser, ascendieron al espacio y aterrizaron en el planeta Robotobor. Era un planeta silencioso, transparente, ordenadísimo, con calles hechas con láminas deslizables. Las casas, de cristal ahumado, cambiaban de color y lugar

La tormenta azota mi ventana.
El viento aúlla, enfurecido.
En la baranda, se refugia
una paloma, asustada.
Mira el cielo hostil;
tiembla y se apichona.
Abro la ventana. La llamo:
-Entra a mi hogar, paloma.
Despacio, le acerco mi mano.
Le ofrezco migas de pan.
Ella, despavorida, salta al vacío.
La lluvia enfrenta. Y el frío.
.....
¿Por qué huyes, paloma?
Solo quería ser tu amigo.
Darte pan y abrigo.
Cuando yo sea grande,
inventaré un hablar
de poesía y cariño
para que las palomas
no huyan de un niño.
.....
Tic, Tic, Tac.
¿Golpecitos en mi ventana?
¡Es la paloma que me llama!

por control remoto. Las hojas de los árboles eran inflables.

Cuando Meterete se acercó a una alcantarilla para hacer pipí, se acercó un robot vigilante y le dijo:

-En este planeta no se hace pipí. Prohibido. Y también está prohibido ladrar, maullar, trinar. ¡Super-prohibido!

Los cuatro viajeros se dieron cuenta de que habían llegado a un planeta que era perfecto porque no había gente. Todos eran robots. Se sentaron a reflexionar.

-Aquí viviremos tranquilos -dijeron-. Nadie nos tirará de la cola, ni de las orejas.

-Nadie nos pondrá pimiento en la nariz, ni nos colocará anteojos, ni gorros con cascabel... -insistieron.

Sobrevino la noche. Era un océano de calma. Los viajeros se sintieron nerviosos, tristes, aburridos, tan solos, sin ningún chico que los montara a caballito o que los estrujara. No tenían para quién ladrar. El gato abría tanto los ojos que se les ponían cuadrados. El zorzal andaba a los saltos. Todos tenían hambre y sed. Y nadie les contaba cuentos.

-Yo extraño a los chicos -refunfuñó Perinola con la voz raspadita por las lágrimas que querían salir.

-¡Volvamos! ¡Volvamos pronto! -pidió Meterete con los ladridos enroscados por los sollozos.

-Los chicos son una calamidad, pero no se puede vivir sin ellos -filosofó el gato buscando su maleta.

-¡Vamos! ¡Vamos volando! -trinó el zorzal y su gorjeo quedó colgado de un estrella.

Los cuatro se precipitaron cielo abajo, en viaje de regreso, vía satélite.

Cuando los chicos los vieron reaparecer, los besaron y estrujaron como nunca y les colgaron cartelitos que decían: "Bienvenidos al planeta de los chicos".

Los viejecitos agradecieron al tejón y volvieron a su casa encantados, con la leña y las castañas. Con el pasar de los días, se dieron cuenta de que las leñas no acababan nunca. Y las castañas tampoco. Entonces, la viejecita dijo:

-Son como la inocencia y la gratitud: duran toda la vida.

EL SECRETO DE LAS FLORES

En un lugar del lejano Japón, hace siglos, un campesino que estaba cortando cañas de bambú, vio entre el cañaveral algo brillante: era una niña luminosa. El hombre la llevó a su casa y la niña creció entre árboles y flores, rodeada de cariño. Y se convirtió en una joven hermosa: la Princesa Resplandeciente. Los nobles y los guerreros más importantes del Imperio, querían casarse con ella. Y también el Emperador. Pero ella rechazó a todos y se fue poniendo triste y mustia como flor sin luz.

-¿Por qué estás tan triste? -le dijeron sus padres.

-Ha llegado el día de decirles la verdad -contó la Princesa Resplandeciente-. Yo no soy de este planeta. He sido enviada desde la Luna para aprender el lenguaje de los árboles y las flores. Ya lo aprendí y ahora vendrán a buscarme en una nave espacial. Llevaré conmigo una rosa.

-¡Jamás permitiremos que te lleven! -gritó el padre.

Y le mandó a decir al Emperador que unos seres extraterrestres pretendían llevarse a la Princesa.

El Emperador mandó un batallón de guardias armados para custodiar a la Princesa. Nadie podría acercársele.

Una noche se vio un gran resplandor en el cielo: un carruaje con ruedas como estrellas y círculos luminosos descendía silenciosamente. Del carruaje bajaron unos seres relumbrantes como focos que encandilaron e inmovilizaron a los guardias. Luego, entraron en la casita del anciano como si las paredes no existieran y se apoderaron de la Princesa, a pesar de sus lágrimas. Antes de ascender al carruaje, la Princesa abrazó a sus padres y les dijo:

-Algún día los hombres llegarán a la Luna y yo me casaré con el que hable el lenguaje de las flores y conozca mi historia. Entonces, volveré.

AVENTURAS EN UN BOSQUE

Una tarde un tejón salió de su laberinto subterráneo para buscar pasto seco. Quería renovar el colchón en el que descansaban sus cachorritos. Tres muchachos lo vieron y lo atraparon. Lo ataron con una soga y se divertían en torturarlo. Pasó por ahí un leñador, muy viejo y muy pobre, y les dijo:

-¿Por qué torturan a ese animalito? Los tejones son muy buenos padres. Si salió de día de su cueva, será para buscar miel o pasto para sus cachorritos. ¡Suéltenlo!

Los muchachos se pusieron a reír y siguieron maltratando al tejón. Entonces el viejito les propuso:

-¿No quieren vendérmelo? Les doy estas monedas.

Los muchachos, muy satisfechos, entregaron al viejo el tejón a cambio de las monedas. El viejito le aflojó la soga, volvió al bosque y lo soltó diciéndole:

-¡Nunca más te dejes atrapar, tejoncito!

Y como ya no tenía ninguna moneda, volvió a su casa con las manos vacías. Su anciana mujer le dijo:

-No importa. Liberaste a un inocente.

Pasó el tiempo y se olvidaron del tejón. Llegaron las fiestas de fin de año y no tenían ni leña, ni dinero, ni nada para festejar. Y los dos se fueron al bosque en busca de algunas ramitas. Apenas entraron, encontraron un tejón que le dijo al viejecito:

-¿No te acuerdas de mí? Me liberaste de mis secuestradores. Te preparé un fardo de leña y una canasta de castañas para las fiestas. Así, me recordarán.

Luego, con la rosa en mano, ascendió al carruaje luminoso que desapareció en el cielo de golpe, como una visión.

Dicen que los hombres que aterrizaron en la Luna no vieron a la Princesa Resplandeciente. Es porque no conocían su historia, ni entendían el lenguaje de las flores.

POESIAS
CON ALAS

88

En Flor de Oro vivía Aurora, una niña muy pobre. Era morochita y sus ojos resplandecían como dos soles traviesos. Para ir al colegio, debía cruzar un largo trecho de monte. Pero a ella le gustaba ir al colegio porque aprendía poesías y palabras nuevas lindas como juguetes. Mientras recorría el monte, le encantaba inventar poesías. Era como andar por el aire. O ser un arroyito. O el badajo de una campana.

Aurora no tenía cuadernos y ni siquiera papel para escribir sus poesías. Entonces las escribía sobre la arena o sobre la tierra, con el dedo. O con una varita. Pero el viento y el sol borraban sus palabras. Desaparecían. Ella trataba de protegerlas, cubriéndolas con flores o con hojitas. Pero era inútil.

Una tarde, sentada debajo de un chañar, sintió deseos de escribir una poesía, pero no tenía ningún papelito. Vio caer al suelo un trozo de corteza. Lo levantó, lo alisó y escribió sobre él una poesía. Las palabras quedaron muy bien impresas. Entonces Aurora le dibujó también unas florcitas.

De repente, llegaron siete mariposas y se llevaron el trozo de corteza por el aire. La mamá, que estaba lavando ropa en la pileta, vio llegar el mensaje, lo tomó en sus manos, leyó la poesía y su cara se iluminó de felicidad, que es una luz especial. Sintió ganas de cantar. Y cantó.

Aurora todas las tardes va al monte y recoge los trozos de corteza caídos y sobre ellos escribe sus poesías y le dibuja flores, pájaros, nubes. Luego, las suelta en el aire.

Enseguida, aparecen mariposas, luciérnagas, cigarras, y otros bichos voladores que las llevan por el espacio con música de cascabeles. Y las cortezas ondulan, danzan y entran en las casas, en las fábricas, en las farmacias, en las comisarías y en los circos. Y todos los que las leen, se desenojan, se sanan, sonríen, se iluminan. Y si no son vergonzosos, se ponen a cantar, aunque llueva a baldazos.

LAS MAZORCAS DE ORO

89

En la meseta de Anáhuac, los indios vivían felices. Cultivaban el maíz, las batatas y los árboles de cacao. Y sucedió que el joven cacique Moltemoc, siempre en guerra contra sus vecinos, y de tanto pasar con sus guerreros por esta meseta, terminó destruyendo los campos cultivados.

Al regresar de su última victoria vio a la niña que vivía en la cumbre del cerro y se enamoró de ella. Era más linda que la luna y el sol.

Moltemoc mandó a pedirla en matrimonio. Pero la niña lo rechazó.

Entonces Moltemoc hizo cincelar unas bellísimas copas de plata y las mandó de regalo a la niña bonita. Y la niña rechazó a Moltemoc y a sus copas de plata. Entonces Moltemoc mandó hacer las más preciosas copas de oro y las mandó de regalo a la niña. Y la niña rechazó a Moltemoc y a sus copas de oro.

Moltemoc, empecinado, mandó a sus guerreros en busca de esmeraldas. Y le trajeron las preciosas joyas verde mar. Y con ellas el guerrero mandó hacer una gargantilla resplandeciente digna de una reina. Y la envió a la niña bonita. Y la niña rechazó a Moltemoc y a su gargantilla de esmeraldas resplandecientes.

Desesperado, Moltemoc se presentó ante la niña y le preguntó:

—¿Por qué me rechazas? ¡Yo no soy tu enemigo!

—Porque con tus guerreros has destruido nuestros

campos —respondió la niña—. Y ya no se yerguen hacia el sol las mazorcas de oro. Ni cosechamos batatas, ni cacao. Yo no quiero casarme con un guerrero, sino con un agricultor.

Entonces Moltemoc bajó del cerro y con sus indios fue a los campos. Sembraron maíz y batatas. Plantaron árboles de cacao. Y cuando el maíz maduró, mandó a la niña tres hermosas mazorcas color oro. Entonces la niña descendió de la montaña y fue a casarse con Moltemoc.

EL CONEJO INVENTADO

90

Una mañana chispeante de sol llegó a una escuela de Bahía Blanca una señora que inventaba cuentos. Iba a visitar a los chicos de un colegio. Delfor, que salía del jardín y cruzaba el patio, vio a la inventora de cuentos rodeada por los chicos más grandes que le regalaban flores, dibujos y títeres hechos por ellos mismos y sintió deseos de regalarle algo lindo él también. Dejó la fila de compañeritos, corrió hacia la señora y le entregó un retacito de género blanco, peludito y enrulado, que guardaba en el bolsillo.

—¡Gracias! —dijo la señora—. ¡Qué lindo conejito! ¿Cómo se llama?

—Se llama… Rulito —contestó Delfor acariciando el retacito de género. También la señora acarició el género y dijo:

—Tiene unas orejitas preciosas. Pero tengo miedo de que se me escape. ¿No es mejor si lo guardas en tu casa?

—No —contestó Delfor —porque yo… Yo te regalo mi conejo para que le cuentes cuentos de conejitos.

—¡Ah! ¡Bueno! Pero yo no vivo en Bahía Blanca. Tengo que volver a la capital. Y en avión. ¿Cómo haré con el conejo?

—Lo guardas en esta cajita —saltó Delfor—. Toma. Y puso en manos de la señora la cajita que acababa de inventar en su imaginación y toda de aire.

—Tendrías que hacerle unos agujeritos para que el conejo pueda respirar —le propuso la inventora de cuentos. Y Delfor, con los dedos, hizo unos agujeritos a la cajita recién inventada con su imaginación.

—Hay un problema —se acordó la señora—. En el avión no permiten llevar animales. Y menos conejos.

EL LAGARTO FEROZ

A los indios tobas les gustaban los cuentos de terror. Contaban uno que daba miedo y se refería a Tuyú Cuaré, la cueva de un lagarto feroz, escondida río arriba, entre los acantilados del Alto Paraná.

Decían que allá, en Yabebuirí, entre piedras tan grandes que parecen paredones, vivía un lagarto gigantesco, un dragón con lengua de fuego que era el terror de cuantas canoas o embarcaciones pasaran por ahí. Nadie se animaba a navegar frente a esas grandes piedras que se alzaban a orillas del río, porque el lagarto, metido en ellas, salía del escondite y nadando por debajo del agua, se agazapaba en medio del río y ¡páfete! volcaba las embarcaciones. O de un lengüetazo, las hacía chocar contra las rocas. Y después se llevaba a la gente a su cueva. ¿Era verdad? Nadie había visto jamás al dragón gigantesco.

Un día, un indiecito remontaba el río en su canoa, a la pesca de doraditos y quiso ver cómo era eso del dragón. Amarró la canoa a un sauce y se lanzó al río nadando. Nadó frente a las rocas. No vio nada. Nadó hacia el centro del río y con gran sorpresa, descubrió que allí, oculta por las aguas, se erguía una gran piedra, puntiaguda y filosa como una cuchilla. Nadie la había visto antes. El chico la tocó y dijo:

-¡Piedra libre! ¡Aquí está la lengua del dragón!

Muy contento volvió a su canoa y remontó el río esquivando esa punta tan peligrosa.

Y así terminó el terror al feroz Tuyú de Yabebuirí.

-Bueno... ¡Inventas un cuento para que nadie vea al conejo! -solucionó Delfor-. Porque este conejo es mágico. Lo guardas en tu cartera y es un pedacito de género. Lo sacas de la cartera, y es un conejo, como hacen los magos cuando sacan un conejo de la galera.

-¡Ah! Comprendo -exclamó la señora-. Entonces, no hay ningún problema. Si alguien protesta, yo guardo el conejo en la cartera.

-Claro. Y se llama Rulito.

Una maestra se acercó, preocupada, y le dijo al niño: -¡Pero, Delfor! ¿Qué le diste a la señora? ¿Un retazo de género todo manoseado?

-¡No! Yo le regalé mi conejo. ¡Ella vio que era un conejito, con las orejas y todo!

-Bueno, está bien. Vamos -dijo la maestra, llevándose al niño.

Pocas horas después, cuando muchos chicos se apretujaban alrededor de la señora que estaba por ascender al avión, llegó también Delfor. Se acercó a ella corriendo y le dijo de sopetón:

-Vine porque me olvidé de darte una zanahoria. Toma, es para el conejo. Y puso una zanahoria de verdad en las manos de la cuenta cuentos.

-Gracias- dijo la señora. Y como era muy distraída, cuando la señorita del avión le pidió el pasaje, ella le entregó la zanahoria.

VIAJES SIN EQUIPAJES

Vamos a pasear por el país
le dijo el zorro al cuis.
Camino a Tucumán
encontraron un caimán.
En el Abra del Hinojo
se les juntó un petirrojo.
En Aguada de los Pajaritos
se les unieron dos chorlitos.
En Balde Viejo
los siguió un conejo.
En la Banda del Lucero
los sorprendió un aguacero.
En Fortín la Media Luna
sacaron corriendo a un puma.
En medio de Rayo Cortado
hicieron un asado.
En Rincón del Gato
bailaron en un zapato.
En Jardín Florido
jugaron un partido.
En Arroyo Bicho Feo
expresaron un deseo:
el de seguir siendo amigos
pero jamás enemigos.
Y al llegar a Cuatro Vientos
se prometieron… otros cuentos.

ORQUESTA DE PRIMAVERA

Una vez el Hada de la Música reunió en el bosque a muchos instrumentos musicales. Quería formar una orquesta con instrumentos y coros de pájaros. Pero los instrumentos eran muy pretenciosos y todos querían ser primeras figuras y famosos.

-Yo quiero actuar en un gran teatro, como el Colón -afirmó el piano-. ¡Porque soy el instrumento más importante! ¡Do, Re, Mi, Fa, Sol, La, Sí! ¡Sí, Sí!

-¡El más importante soy yo! -moduló el violín-. Quiero que me toque el mejor violinista. ¡Zinnnn!

-¡Soy yo la que emite la música más encantadora! -canturreó el arpa-. ¡Y quiero que me toque una arpista famosa! ¡Sol, La, Sí! ¡Sí, Sí, Siiiii!

-¡Lo más importante, son los instrumentos de viento! -retrucaron los clarines, los clarinetes, los oboes, las flautas y las trompetas-. ¡Así que no actuaremos si no nos dirige el mejor director!

-¡Zin, Zor, Zin, Zon! -remarcó el acordeón.

-¡Drin, Drin, Zin, Zin! -desafinó el cornetín.

-¡Bom Bom! -remató el trombón.

-¡Tampoco nosotros, los instrumentos de cuerda, queremos actuar si no es en un concierto de nivel mundial! -trinaron los chelos y las guitarras.

-¡Al, al! ¡Zin, zin! -lloriqueó el mandolín.

-¡Y tampoco nosotros! ¡Tampoco nosotros! ¡Nosotros! -rebatieron con distinto retintín los platillos, las panderetas, los bombos y los timbales.

-¡Rataplán! ¡Bor Bor! -remachó el tambor.

El Hada se puso triste. Una cigarra la consoló besándole la nariz. Pero en ese momento aparecieron varios niños. No vieron al Hada, ni los instrumentos porque un día de sol al aire libre es una fiesta. Los niños se pusieron a cantar en rondas, tomados de las manos. Entonces, toda, todita la orquesta los acompañó con tanto entusiasmo que los pájaros les hicieron coro y todas, toditas las hojas de los árboles y las flores aplaudieron hasta que el sol apagó todas sus velitas.

EL NIDITO MAS LINDO

94

Una vez, entre muchos animalitos, se organizó un Concurso para dar el Primer Premio al mejor nido o a la mejor casita. La señora y el señor cigüeños actuarían como jueces, por ser ellos los que defienden sus nidos con habilidad y valentía.

El primero en presentarse fue el hornero.

-Mi nido es el más ingenioso del mundo -dijo el pájaro criollo-. Resiste a las lluvias y a las tormentas y recibió los mejores premios del mundo.

El boyerito, otro pájaro criollo, de plumaje negro y muy solitario, dijo:

-¡Mi nido es mucho más amplio! Cuelga de los árboles como una canasta. Y en él cobijamos también a los pájaros amigos.

-Mi nido es el más protegido -interrumpió el pájaro carpintero-. Lo excavamos en el tronco de un árbol

y nadie logra alcanzarlo. Es lo más seguro.

-¡Si es por seguridad, mi casa es la más sólida del mundo! -bisbiseó la tortuga-. Crece a medida que una crece. Y una siempre la lleva a cuestas. Además, ¡luce unos colores preciosos!

Un caracol, tan chiquito que nadie lo veía, chilló:

-¡No hay nada más precioso que mi casita! ¡Está hecha en espiral y es la más chiquita del mundo!

-¿Y qué decir de la mía? -protestó una caracola de mar muy coqueta-. ¡No hay nada más bello! ¡Está hecha de nácar! ¡Y guarda la música del mar!

-¡No se alaben tanto! -los retó un castor que estaba construyendo un puente-. Nosotros, los castores, construímos viviendas subterráneas maravillosas.

Un cangurito, que estaba comiendo una zanahoria, se metió en la bolsa de su mamá y dijo mimoso:

-¡Sí, sí! Todos los nidos son importantes. Pero el mejor del mundo es la bolsa pegada a la pancita de mi mamá. ¡No hay nada más lindo que andar por el mundo al calorcito de la mamá!

La señora y el señor cigüeños, como no supieron a quién dar el primer premio porque todos los nidos eran lindos, entregaron un ramo de rosas a la mamá del cangurito.

Un jinete que corría una carrera de caballos, quedó pasmado cuando vio que el caballo, al relinchar, estornudaba. Y estornudaban los perros, los gatos, los canarios. Un chico vio que también una tortuga estornudaba. Un mentiroso contó que había visto un ángel estornudando.

Los diarios informaron que los peces estornudaban lanzando chorritos de agua por las narices. La televisión mostró que los buzos debían volver a la superficie para estornudar. Se inventaron pañuelos para buzos; pañuelos invisibles; pañuelos antiestornúdicos. Se vendieron remedios de toda clase contra la picazón de nariz. Por televisión, se daban consejos contra el virus; pero también los animadores eran atacados por estornudos. No había solución.

Un día llegó a la capital un chico que venía de un pueblito del interior, y nada sabía de la moda de los estornudos. Al ver que todos estornudaban le causó gracia. Y se puso a reír. Y cuando sintió que a él también le picaba la nariz, rio a carcajadas.

Y tanto rio que no le salió ningún estornudo. Entonces, todos se pusieron a reír. Y ya no estornudaron. El buen humor fue la solución.

LOS ESTORNUDOS

95

Parece mentira. Sucedió que un buen día todo el mundo se puso a estornudar. Los chicos estornudaban mientras andaban en bicicleta o discutían. Y las maestras, mientras los reprendían, eran interrumpidas por interminables achis achis.

Los ladrones se veían sorprendidos por ataques de estornudos mientras estaban robando. Y escapaban con lágrimas colgándoles de la nariz. Los vigilantes, justo cuando debían tocar pito, lanzaban estornudos que estremecían el aire, como bombas de estruendo.

Los personajes que pronunciaban discursos en las plazas, se interrumpían sofocados por ráfagas de estornudos, buscando desesperadamente pañuelos.

A los jugadores de fútbol se les daba por estornudar cuando estaban por meter un gol. Los cantantes paraban sus gorjeos e irrumpían en estornudos seguidos por las bailarinas y los músicos. En el circo, los payasos estornudaban en mitad de las piruetas. Y estornudaban los soldaditos cuando hacían la venia; los bomberos cuando manejaban las bombas de agua y los novios cuando se daban besitos.

EL GALLITO DE RIÑA

96

-Papá: quiero que me cuentes un cuento -pidió Matías.

-No recuerdo ninguno -contestó el papá-. Además, ¿por qué no me cuentas tú uno a mí?

-Bueno... -dijo Matías y comenzó a contar:

"Había una vez un chico como de cinco años, igual que yo y quería tener un gallito de riña, de ésos malos, de esos que pican porque quieren pelear con otros gallos y entonces buscan pelea. Y la mamá le dijo al nene: 'No, yo no quiero que tengas un gallo de riña porque son malos y hasta cuando le vas a dar de comer, te quieren picar. No debe haber riña, ni entre los gallos', dijo la mamá.

"Pero el nene gritó: 'Yo quiero ese gallito de riña'. Y lloró y pataleó. 'Y yo quiero ese gallito', decía, 'es de riña pero es chiquito. No es malo. No va a picar. Yo le voy a enseñar'.

"Bueno, y entonces los papás le compraron el gallito de riña. Era chiquito, lindo, buenito. Pero el

66

gallito creció y se puso bravo, bravo con todos, en el gallinero.

"Tirá ese gallo del diablo", le dijo la mamá al nene. Pero el nene no quiso tirarlo. Un día fue el papá a darle de comer y el gallo le dio un picotazo en la mano. '¡Ay, ay, ay!', protestó el papá. Y la mamá dijo: 'Tirá ese gallo que es malo'. Pero el nene no lo quiso tirar. Y él mismo fue a darle de comer, despacito, y el gallo le dio un picotazo tan fuerte en el tobillo, que la mamá lo tuvo que curar. Y el nene lloraba. '¿Viste?', le dijo la mamá. 'Ahora vamos a tirar ese gallo'. '¡No! No quiero', gritó el nene, 'No lo hace de malo. Lo hace jugando'. A los poquitos días, entró la mamá en el gallinero y el gallo le dio un picotazo tan grande que casi le saca el dedo. Entonces, el nene gritó: '¡Mamá! ¡Tirá ese gallo del diablo! ¡Es malo! ¡Malo! Nadie le pica el dedo a mi mamá.'

"Y no lo quiso tener más al gallito de riña."

CANCION DE CUNA DEL GATO

97

Una noche, un gran compositor, de esos que inventan música importante, la que las orquestas tocan en los más grandes teatros del mundo, estaba buscando nuevas melodías en un piano: tic tac, tic tac. El gato lo miraba ronroneando, fastidiado, y, al fin le dijo:

-¡Igor! ¡Termina! ¡Ya inventaste la música para Petruska, ese títere que hace llorar a todo el mundo. E inventaste la música para la historia de un soldado!

-¡Y para la historia de un bebe que una noche de nieve recibió el beso de un hada! -interrumpió la gata, acariciando a sus gatitos, asustados por los golpes de Igor sobre las teclas.

-¡E inventaste la música para el ruiseñor de oro! -siguió recordándole el gato-. ¡Y nos atronaste con la música para el valeroso Pájaro de Fuego!

-¡Y para el zorro que quería atrapar al gallo! -insistió la gata-. ¿Qué quieres inventar a estas horas?

-Busco algo distinto... -dijo el gran músico cansado. Y apoyó la cabeza sobre los brazos y los brazos sobre el piano. La gata se puso contenta porque, al fin, sus gatitos se dormirían. El gato se acercó al piano y caminó despacio sobre las teclas. Iba y venía, saltando, produciendo una canción de cuna jamás oída. Era para sus gatitos.

Al día siguiente, el gran músico encontró sobre el piano las páginas con la música ya escrita: "Canción de cuna del gato", decía. Tecleó un poquito y luego más y más. Sí: era una canción de cuna inventada por el gato. Don Igor nunca supo si la había escrito él o sus gatos. Pero aún hoy se puede escuchar esa pieza en todo el mundo.

LOS ANGELES DE LAS MARIPOSAS

98

Un día llegó a la selva Llastay, el dios indio protector de los animalitos. Reunió a todos los bichos con alas y les preguntó si estaban conformes con la vida.

-Yo -dijo el grillo -quisiera tener las alas grandes y verdes como la cigarra. Y cantar igual que ella.

-Yo -dijo la cigarra -quisiera lucir los colores de las plumas del colibrí. Y cantar como él.

-Yo -dijo el colibrí -quisiera ser golondrina. Viajaría por el mundo y los cazadores no me perseguirían por mis colores.

-Yo -dijo la golondrina -quisiera ser paloma mensajera. Hoy cruzar distancias es peligroso. Nadie nos protege. En cambio, para las palomas mensajeras hay palomares y protecciones.

-Y yo -dijo la paloma mensajera -quisiera ser mariposa. Es cierto que hay palomares. Pero los aviones, las antenas y otros inventos, nos impiden orientarnos en nuestros vuelos. En cambio, las mariposas vuelan adonde quieren.

-Veo que nadie está conforme -dijo el viejo Llastay, apenado.

Luego, al ver una mariposa azul volando de flor en flor, le preguntó: -Y tú, mariposa, ¿qué querrías?

-¿Yo? -dijo la mariposa-, ¡quiero ser... mariposa! A mí me gustan las flores. ¡Y me gusta esparcir polen por todas partes! Pero esas fábricas que se levantan en las grandes ciudades, el humo, el hollín y las aguas sucias, nos hacen cada vez más difícil vivir cerca de la gente. Tenemos que ir cada vez más hacia el frío. Más lejos, más lejos...

De repente, se oyó la voz de una margarita que preguntó:

-Llastay. ¿Quién nos protegerá si se van las mariposas?

El viejo Llastay movió la cabeza y dijo: -No sé.

Y se le cayeron unas lágrimas. La margarita le ofreció uno de sus pétalos como pañuelo. Y él lo guardó de recuerdo.

-¡Oh, lá lá! -zumbó la mariposa alegremente-. Con mis antenas he captado una noticia de último momento: ¡Ya nacieron los ángeles que protegerán a las mariposas! ¡Son los niños! Recién están creciendo. ¡Pero, crecerán!

Así anunció la mariposa y Llastay se puso tan contento que tocó su flauta y bailó rodeado de grillos y de mariposas.

UN HOGAR EN LA PAMPA

99

Era el comienzo del mundo y Tupá, dios de la selva, estaba distribuyendo dones. Se presentaron ante él los árboles para pedirle lo que cada uno quería ser.

-Yo quiero ser el rey de la selva -dijo el quebracho colorado-. Quiero ser el más alto, corpulento y poderoso. Contra mi madera roja se romperán las hachas.

-Yo quiero ser alto y tener madera más resistente que la piedra -dijo el ñandubay-. Pero quiero también un hermoso follaje.

-Yo quiero ser el árbol más hermoso de la selva -dijo el jacarandá-. Quiero lucir una copa ancha cubierta por una lluvia de flores lilas, perfumadas...

-Yo quiero madera livianita para hacer canoas y viajar por los ríos -dijo el ceibo-. Y lucir flores muy rojas.

-Yo quiero tener madera fuerte y perfumada -dijo el palo santo-. Y flores color naranja.

-Yo quiero un tronco muy abultado para almacenar el agua. Y madera livianita -dijo el palo borra-

quedan pasmados y no atinan a huir. Es tan bravo que se mete por debajo de las alas de aves enormes, como el cóndor, y de tanto picarlos los hace caer.

Las mayores víctimas del ñucurutú, suelen ser los chingolos, tan juguetones y saltarines. El ñucurutú se posa sobre las ramas de un árbol y emite unos gritos llamativos. El chingolo mira hacia arriba y al ver esos ojos tan amarillos, que lo miran fijo, queda hipnotizado. Entonces, el ñucurutú cae sobre el pajarito indefenso. Es así como el pequeño búho se vuelve el amo y el tirano de muchos territorios. Nadie puede contra él. Eso es lo que se cree.

Un día llegó a orillas del Paraná una bandada de gorriones. Venían de Tierra del Fuego y se instalaron en un paraje arbolado para construir sus nidos. Les contaron que por allí merodeaba un terrible ñucurutú. Los gorriones no se asustaron. Siguieron trabajando. Pero el ñucurutú, a escondidas y con sus mañas, se acercó a los gorriones y al verlos tan chiquitos, tan desarmados y atareados en la construcción de sus nidos, pensó: "¡Qué panzada de gorriones me voy a dar! ¡Y todos los días!" Se posó en la rama de un sauce y acechó a un gorrioncito y logró inmovilizarlo. Pero cuando el ñucurutú voló al ataque, pegó el grito de llamado. Otro gorrión emitió la sirena de alerta. Y con rapidez de un rayo, toda la bandada acudió al lugar de peligro y cayó a pique sobre el ñucurutú. Ni una pluma salvó el tirano.

Desde entonces, el ñucurutú no se mete con los gorriones ni con ninguno de los bichos que saben defenderse unidos.

cho-. Y flores rosas, blancas, lilas, con copos de algodón adentro.

-Yo quiero que en mi tronco crezcan uñas para defenderme de los animales -dijo el avaro y espinoso ñapindá.

-Yo sólo quiero dar sombra -dijo el ombú-. Quiero una copa con hojas muy tupidas para cobijar a los jinetes cuando cruzan la pampa solitaria. Me gusta que me cuenten cosas...

El dios Tupá le dio a cada árbol lo que le había pedido; pero con el ombú se sentó a tomar mate y a guitarrear.

LOS GORRIONES

Los animalitos de la selva le tienen terror al ñucurutú, que es un búho chiquito, marroncito, con pico ganchudo y plumas tan pinchudas que parecen cuernitos. El ñucurutú tiene ojos grandes, reamarillos, con los que mira tan fijo a pichones y a cachorros que

Esta primera edición se terminó de imprimir el 14 de marzo de 1988 en los Talleres Gráficos Didot, Icalma 2001. Buenos Aires.